소원을 들어주는
딱정벌레

옮긴이 송재홍

중앙대학교 독어독문학과 및 동 대학원을 졸업(문학박사)하고, 독일 마부르크 대학에서 현대 독문학을 수학했다. 논문으로는 『Bertolt Brecht의 작품에 나타난 인물유형의 계급성과 상징성』, 『Brecht에 있어서의 〈Gestus〉개념 -「Leben des Galilei」의 제1장을 중심으로-』, 『브레히트 희곡에 나타난 이분법적 인물설정-계급적 당파성을 중심으로-』, 『루쿨루스 심문(역)』 등이 있으며, 저서로는 『브레히트의 연극 세계』(공저, 열음사), 역서로는 『브레히트 희곡선』(공역, 연극과 인간)이 있다. 현재 중앙대학교 강사로 재직하고 있다.

소원을 들어주는 딱정벌레

Der Wunschkafer
by
Bernhard Langenstein

Copyright ⓒ 2002 Pattloch Verlag GmbH & Co. KG, Munchen
All rights reserved

Korean Translation Copyright ⓒ2002 Theory & Praxis Publishing Co.
Korean edition is published by arrangement with Pattloch Verlag through /OPTION/ Literary Agency, Seoul

이 책의 한국어판 저작권은 /옵션/ 에이전시를 통한 Pattloch Verlag와의 독점계약으로 이론과실천 출판사에 있습니다. 신저작권법에 의해 한국 내에서 보호를 받는 저작물이므로 무단 전재와 복제를 금합니다.

처음 찍은날 2002년 12월 17일 │ 처음 펴낸날 2002년 12월 20일 │ 지은이 베른하르트 랑엔슈타인 │ 옮긴이 송재홍
펴낸곳 도서출판 이론과실천 │ 펴낸이 김태경 │ 등록 서울시 제 10-1291호 │ 주소 서울시 121-110 서울시 마포구 신수동 448-6 한국출판협동조합 내 │ 전화 02 714-9800 │ 팩시밀리 02 702-6655

값 8,000원   ISBN 89-313-9209-5 03850

*잘못된 책은 바꾸어 드립니다.

소원을 들어주는
딱정벌레

소원과 행복에 관한 동화

베른하르트 랑엔슈타인 지음 | 송재홍 옮김 | 작곡 콘스탄틴 베커

이론과실천

엘리자베스에게 바침

달빛 아래

꿈들은 왜 그리도 많은지?

그리고 수많은 그리움들은

어찌 저리 소곤대는지?

Ch. A. 오버벡(Overbeck, 1755-1821)

차례

소원	7
국경선	29
꽃 천지	36
예술적인 저녁 식사	50
교도소 관리 소장	65
3/4박자의 춤곡	71
음모	87
눈물	101
양치기 소녀	133
역자 후기	143

소원

　　어느 날 늙은 방랑자가 이 세상 끝, 아니 거의 끝 부근까지 이르게 되었다. 하긴 지구가 둥글기 때문에 세상의 끝이 어느 지점이든 의미가 없다는 것은 다들 잘 알고 있으리라.
　　너무나 오랫동안 여행을 해 온 탓에 몹시 피곤해진 방랑자는 이맛살을 잔뜩 찌푸린 채 숲 가장자리 부근의 언덕에 털썩 주저앉았다. 그리고 촉촉한 땅에 편안히 몸을 뉘었다.
　　"여기서 뭐 하세요?"

어디선가 소리가 들려왔다.
방랑자는 크게 한숨을 내쉬더니 품에 지니고 있던 자루를 열었다. 그러고는 반짝반짝 빛을 내는 빨간 딱정벌레를 꺼내어 조심스럽게 손바닥 오목한 부분에 올려놓았다.

"생각을 좀 하고 있어!"

방랑자가 약간 못마땅한 듯한 표정으로 말하자 딱정벌레가 대답했다.

"아하, 그러셨군요!"

잠깐 이 늙은 방랑자에 대해 이야기하면 다음과 같다.

늙은 방랑자는 세월이 지남에 따라 자신이 가지고 있던 값나가는 물건들을 모두 써 버렸다. 결국에는 자신이 지니고 다니는 자루 속에 단 한 가지만을 남겨 놓았는데, 그것이 바로 이 진기한 딱정벌레였다.

그는 아무리 혼잡한 곳에서도 딱정벌레를 잃어버리지 않았고, 아무리 궁핍해도 남에게 팔지 않았다. 어쩌다 습격당하는 일이 생겨도 이 딱정벌레만은 빼앗기지 않았다. 그랬다. 아무리 기분이 한껏 고조되었어도 단 한 번도 이 딱정벌레를 누군가에게 선물하려고 하지 않았다.

어쩌다 그와 유사한 일이 있었지만 이 딱정벌레는 언제나 기이한 방법으로 주인의 품으로 되돌아왔고, 그러다 보니 주인인 방랑자의 일부분이 되어 버렸다. 그러니까 둘은 한쪽이 없는 다른 하나는 생각할 수 없는 관계가 된 것이다.

"생각을 하면 어떻던가요?"
"음."
늙은 방랑자가 중얼거리듯 말했다.
"의문이 생겨나더군."
"예를 들면요?"
딱정벌레가 캐물었다.
"그러니까 약간 미묘한 건데 이런 것들이야. 내가 이 세상에 존재하는 이유는 뭘까? 무슨 이유로 난 이 도시에서 저 도시로, 이 나라에서 저 나라로 계속해서 걸어가고 있는 걸까? 진실은 무엇이며, 거짓은 무엇인가? 난 무슨 일을 해야만 하나? 대충 이런 의문들이지……."

"그런데 이마는 왜 찌푸리고 계세요? 그런 문제들이라면 아이들이라도 대답할 수 있을 거예요. 그런 의문을 가지고 있으면서도 제게 묻지 않으신 까닭은 뭐죠?"

방랑자는 순간 말문이 막혀 버렸다.

"주인님이 이 세상에 존재하는 이유는 주인님 스스로도 행복하고, 다른 사람들을 행복하게 해 주기 위해서랍니다."

딱정벌레가 방랑자에게 한 수 가르치듯 말했다.

"네가 옳다고 하면 옳은 거겠지."

방랑자는 딱정벌레의 말에 동의하더니, 잠시 생각 끝에 질문을 하나 던졌다.

"귀여운 친구, 딱정벌레야! 행복이라는 게 그렇게 간단한 거라면 궁극적으로 누구나 행복하길 바랄 게 아니냐. 그런데도 대부분의 사람들은 행복할 수 있는 방법과는 너무나도 멀게 행동하잖아."

딱정벌레는 방랑자의 눈 아래로 좀 더 가까이 가기 위해 손가락 끝 쪽으로 기어가더니 속삭였다.

"그렇다면 뭐가 문제인지 깊이 생각해 본 적 있으세요?"

"물론이지."

방랑자가 대답했다.

"거기에 대해 깊이 생각해 봤다고. 그런데 그건 머리가 좋고 나쁜 것과는 별 상관 없는 것 같아. 위대한 작가들이나 철학자들도 모두 행복에 대한 물음을 제기하고 있잖아."

"그래, 그들이 뭘 발견하기라도 했다는 건가요?"

딱정벌레가 비난하듯 물었다.

"음, 행복에 이르는 정도(正道)를 묻는 기교를 한 단계 높여주었다고나 할까. 하지만 그들의 답변이 아주 천차만별이긴 해."

방랑자가 덧붙여 말했다.

"아하, 그럼 주인님이 말한 사상가들이나 철학자들도 역시 머릿속이 복잡한가 보군요! 그래 뭘 좀 알아냈어요? 주인님 말대로 그럴 수도 있지요. 하지만 생각만 한다고 해서 누구나 행복해질 수는 없어요."

딱정벌레가 쫑알거렸다.

"그럼 어떻게 해야 되지?"

"그야 실제로 생활을 해 봐야 하는 거죠! 실제 생활을 통해서만 답변할 수 있는 물음들이 많이 있으니까요."

"설마 그럴 리 없어!"

늙은 방랑자는 한숨을 내쉬며 말했다.

"주인님, 제가 새로운 사실을 하나 알고 있거든요."

딱정벌레는 즐겁게 계속 수다를 떨어 댔다.

"혹시 주인님께서 어디서 뭔가를 배우려 하신다면 올바른 생활을 시작하는 방법을 알려 드릴게요."

"야, 이거 흥미진진해지는걸!"

올바른 생활은
올바른 소원에서 비롯된다네.
소원을 빌 줄 아는 자,
아직도 희망을 포기하지 않았다는 증거라네.
정말이지 희망은 모든 것을 가능케 한다네.

제대로 소원을 빌 수 있겠어요, 주인님?"

그러자 늙은 방랑자는 깊이 한숨을 내쉬며 말했다.

"소원이라고? 음, 어떻게 빌어야 옳은 건지 잘 모르겠는데……."

"도움을 받고 싶으세요?"

딱정벌레가 물었다.

"그럼 주인님 손바닥 위에다 절 올려놓아 주세요. 주인님의 따뜻한 마음을 함께 담아서 말이죠. 그러고 나서 마음속 깊이 바라고 있는 소원들을 빌어 보세요. 그러면 실현될 거예요."

방랑자는 못 믿겠다는 눈초리로 딱정벌레를 바라보았다.

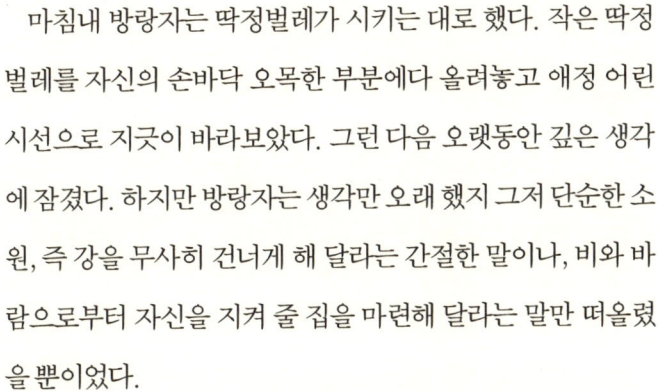

"자, 시작해 보세요!"

딱정벌레는 방랑자에게 용기를 북돋웠다.

마침내 방랑자는 딱정벌레가 시키는 대로 했다. 작은 딱정벌레를 자신의 손바닥 오목한 부분에다 올려놓고 애정 어린 시선으로 지긋이 바라보았다. 그런 다음 오랫동안 깊은 생각에 잠겼다. 하지만 방랑자는 생각만 오래 했지 그저 단순한 소원, 즉 강을 무사히 건너게 해 달라는 간절한 말이나, 비와 바람으로부터 자신을 지켜 줄 집을 마련해 달라는 말만 떠올렸을 뿐이었다.

"도대체 얼마나 시간이 더 필요한 거죠?"

딱정벌레가 따지듯 말했다.

방랑자는 어찌 할 바를 몰라 딱정벌레를 물끄러미 쳐다보았다.

소원 13

"제가 주인님의 마음을 한번 읽어 볼까요?"

보다 못한 딱정벌레가 스스로 묻고 대답까지 했다.

"주인님은 겁쟁이시군요. 소원을 말할 엄두도 내지 못하시다니. 게다가 기적에 대한 믿음도 사라지고 없으시군요."

그러자 방랑자는 한숨을 내쉬며 말했다.

"내 소원을 비는 데에는 기적이라는 게 필요 없어. 내 소원들은 너무나도 작은 것들이라 거의 내 혼자 힘으로도 이룰 수 있는 것들이야. 그러니 네 도움이 필요 없단다, 꼬마 친구야."

"뭐라구요?"

딱정벌레가 말했다.

"소원을 빌 게 없으시다구요? 세상이 주인님 혼자만 존재하는 그렇게 작은 곳이던가요? 세상에 소원을 빌 만한 가치가 있는 게 아무 것도 없다니요? 온 세상이 행복으로 꽉 찼단 말인가요? 아니면 꿈들이 온통 사그라져 버렸나요?"

"아, 그런 건 아냐."

방랑자가 대답했다.

"세상에 있는 소원들은 기적보다도 실현 가능성이 높은 거란다."

"지금 좋은 지적을 하셨어요, 주인님."

딱정벌레가 말했다.

"이제부터 주인님이 세상의 비밀에 대해 보다 깊숙이 알 수 있도록 제가 도와드릴게요. 세상에는 999,999가지 소원이 있어요. 그렇다면 정확히 999,999가지 소원을 실현할 수 있는 방법이 있다는 것도 혹시 알고 계시는지요? 999,999가지 소원이 만들어졌던 태초에 999,999가지 소원을 실현할 수 있는 방법이 같이 만들어졌답니다. 마치 훌륭한 신발 한 켤레처럼 저마다의 소원에 딱 맞는 실현 방법이 주어졌던 거죠.

주인님이 보다 나은 안목을 지니고 있으셨다면 소원이 실현되는 과정을 느낄 수 있으셨을 텐데. 그 분위기라는 게 있잖아요. 그런데 사람들이 소원을 실현하는 방법들 중 몇 가지는 아주 가련할 정도랍니다. 그들은 눈에 안 띄게 한구석에 쪼그리고 앉아, 언젠가는 힘 있는 누군가가 자신들을 데려가기 위해 올 거라는 엄청난 갈망 속에서 수많은 세월을 기다리죠."

"그럼 소원들이, 그 모든 소원들이 정말로 실현된다는 거야?"

방랑자가 못 믿겠다는 듯이 묻자 딱정벌레가 대답했다.

"그럼요, 모두 다 실현되죠. 소원이라는 건 모두가 실현된다는 데 의의가 있어요. 정신 나간 인간들이 빌어 대는 얼토당

토않은 소원들은 빼고 말이지요."

늙은 방랑자는 딱정벌레의 말이 의심스럽다는 듯 머리를 흔들어 댔다.

"오 귀여운 나의 딱정벌레야, 그러니까 너는 세상에 대해 뭘 좀 알고 있다는 거로구나! 네가 말하는 이치에 합당한 소원이란 평화나 사랑, 그리고 인생의 행복을 바라는 그런 소원들일 거야. 그것들은 사람들이 가장 좋아하는 주제들이지. 하지만 그것들은 힘을 들이지 않고도 실현되는 것들이야. 사실 그런 소원들은 사업판이나 정치판에 있어서는 대수롭지 않은 것들이거든. 소위 말하는 얼토당토않은 나쁜 소원들이란 게 실제로 영향력이 있지. 그것들이 오히려 계속해서 실현되어지고 있다고. 살인에 대한 꿈이나 증오심에 대한 소원은 실현되고 만다니까! 가엾은 딱정벌레야, 우리는 지금 천국에 살고 있는 게 아니란다!"

"그렇지 않아요, 주인님! 우리가 살고 있는 여기가 바로 천국이에요. 다만 많은 사람들이 그렇게 생각하지 않으려 하는 것뿐이죠. 그네들은 간절히 격정적으로 행복 전체를 원하는 대신, 반쪽짜리 이상(理想)에 그저 만족하려 할 뿐이랍니다. 제 말을 듣고 한번 생각해 보세요.

마음속 깊이 진정으로 원하는 것,
누구나 얻게 되리라.
모든 존재는
저마다 행복하기 위해 창조되었고
오로지 그것을 위해 살아가니까.

　우리 눈에 눈물을 흘리게 하는 악한 사람은 이 세상에 존재하지 않아요. 다만 착한 사람이나, 꿈과 희망이 부족할 뿐이죠. 사람들은 저마다 자신들의 그리움이나 내면 깊숙한 곳에 자리한 소원들을 더 이상 믿지 않아요. 다시 말해서 그들은 소원을 빌겠다는 마음을 잃어버렸지요."

　시간이 꽤 흘렀나 보다. 갑자기 날이 어두워졌다. 방랑자는 눈을 지긋이 감고 촉촉한 나무껍질에 머리를 기대고는 자꾸만 마음속 깊은 곳에서부터 솟아오르는 영감(靈感)들에 대해 곰곰이 생각해 보았다. 그러고는 딱정벌레를 자신의 피곤해진 손바닥 오목한 부분 위에 따뜻하게 감싸면서, 멀리 있다가 점점 더 가까이 다가온 밤꾀꼬리의 노랫소리를 들었다.
　방랑자는 멋진 노래에 한껏 심취했다. 새의 지저귐이 어찌

나 매혹적이던지, 방랑자는 그 지저귐을 들으면서 그만 잠이 들어 버렸다. 그 바람에 새의 깃털 하나가 빠져 자신의 몸 위로 사뿐히 내려앉는 것도 전혀 느끼지 못했다.

늙은 방랑자는 꿈속에서 눈앞에 펼쳐진 광활한 대지와 거기에 나 있는 길을 보았다. 초원을 가로질러 뻗어 있는 길은 곧장 두 갈래 길로 갈라져 있었다. 하나는 아침 방향인 동쪽으로 길게 뻗어 밝은 땅 쪽을 가리키고 있었고, 다른 하나는 세상의 끝 방향인 서쪽으로 향해 있었는데 산울타리 부근에서부터 어두운 골짜기 쪽으로 사라져 버렸다.

방랑자는 길이 두 갈래로 갈라지는 지점에서 양치기 소녀를 만났다. 소녀는 자신에게 다정한 눈길을 건네고 있었다. 그는 소녀 쪽으로 가까이 가서 물었다.

"애야, 내가 어느 길로 가야 하니? 이쪽이니 아니면 저쪽이니?"

소녀는 그를 사랑스런 눈빛으로 바라보며 말했다.

"쉬운 길을 찾으세요, 아니면 어려운 길을 찾으세요?"

"어떤 길이 더 좋은 건데?"

"언제나 어려운 길이죠."

"그럼 어떤 길이 더 어려운 길인데?"

"할아버지께서 택하시는 길이 더 쉬운 길이고, 반대로 할아버지께서 내주시는 길이 더 어려운 길이죠."

"난 아무것도 가진 것이 없는데, 무엇을 내줄 수 있다는 거지?"

계속해서 소녀가 뭐라고 이야기했지만 방랑자에겐 희미하게 들려올 뿐이었다. 아침 해가 떠오르면서 방랑자는 그만 잠에서 깨어나게 되었고, 그러면서 꿈도 천천히 사라져 갔기 때문이었다. 하지만 방랑자는 소원 해결사 딱정벌레를 아직도 자신의 손에 꼭 감싸고 있었다.

늙은 방랑자는 사랑스러운 듯 딱정벌레를, 먹다 남은 빵 부스러기와 포도주가 든 술 부대, 그 밖에 자질구레한 소지품들이 들어 있는 자루 속에다 집어넣었다. 그러고는 무심코 자신의 옷을 내려다보다가 밤꾀꼬리의 깃털을 발견했다.

깃털은 지극히 평범해 보였지만 방랑자는 그걸 본 순간 밤꾀꼬리의 아름다운 노랫소리가 떠올랐다. 마치 그 깃털이 공작의 깃털보다 더 값지고 아름답게 느껴졌다. 그때 심오한 표정을 짓고 있던 방랑자의 얼굴 위로 한 줄기 빛이 스쳐 지나

갔다.

 방랑자는 깃털이 무슨 값나가는 물건이라도 되는 듯 얼른 자신의 옷 주머니 속에다 숨기고는 사지를 뻗어 기지개를 켰다. 이제 차가운 물을 세수하여 정신을 차리고 싶어진 그는 근처에 있는 실개천으로 갔다.

 그런데 깜짝 놀랄 만한 일이 벌어졌다. 언덕 부근을 바라보니 글쎄 꿈속에서 보았던 광경이 바로 눈앞에 펼쳐져 있는 게 아닌가!

 길은 하나로 뻗어 가다가 두 방향으로 갈라졌고, 양치기 소녀가 양들 무리 속에 있었다. 꿈속에서 자신을 안내해 주었던 바로 그 소녀였다. 늙은 방랑자는 곧바로 걸음을 떼어 양치기 소녀가 있는 언덕 아래로 내려갔다.

그녀는 방랑자에게 우아한 미소를 지어 보였다. 정말 황홀할 정도였다. 방랑자도 웃음으로 화답하면서 주머니 속에서 밤꾀꼬리의 깃털을 꺼내어 양치기 소녀에게 내밀었다.

"여기 네게 줄 게 하나 있어. 밤꾀꼬리 깃털이야. 네가 친절한 것처럼, 이 새는 노랠 아주 잘한단다."

"어머, 멋져요!"

양치기 소녀는 너무나 기쁜 나머지 눈이 휘둥그레져서 작은 깃털을 자신의 볼에다 앙증맞게 갖다 댔다.

"너무너무 좋아요, 할아버지! 그런데 제가 이렇게 밤꾀꼬리를 좋아하는 걸 어떻게 아셨죠? 저는 매일 밤 불가에 앉아 밤꾀꼬리들의 노랫소리를 기다리고 있어요. 그런데 어떻게 해서 제게 이걸 선물하시게 되었는지 그 까닭을 알고 싶어요. 제가 너무나 좋아하는 것이거든요. 혹시 절 아시는 건 아니죠?"

늙은 방랑자는 그저 웃음만 흘릴 뿐이었다.

선물을 준다는 건 행복한 일이라네.
그 사람이 소원하던 걸 선물하면
두 배로 행복해지네.

그리고 선물을 받고
고마워할 줄 아는 누군가를 만나게 되면
세 배로 행복해진다네.

뿐만 아니라, 길을 알려 줄 수 있는 누군가를 친구로 삼는 건 유익한 일이지."
"가시는 길을 제가 기꺼이 가르쳐 드리지요."
양치기 소녀가 친절하게 말했다.
"하지만 잠시만 머물렀다 떠나세요! 제 곁에서 말벗이 좀 되어 주세요!"
그녀는 하얀 천으로 된 깔개를 가지고 와서 풀밭 위에다 넓게 폈다. 그리고 빵이며, 치즈며, 우유가 든 항아리를 가지고 왔다. 두 사람은 즐겁게 나란히 앉아 간단하게 허기를 채웠고, 이윽고 방랑자는 길 떠날 채비를 갖추었다.

양치기 소녀가 방랑자에게 어떤 길을 안내받고 싶은지 물었다. 그리고 방랑자가 쉬운 길보다 어려운 길을 택하려는 것처럼 보이자 매우 의아해했다.
"정말로 이 길로 가시려고요? 제가 여기 길이 나뉘는 곳에서 양들을 지키며 살아온 이래 이 길을 간 사람은 거의 없었어요. 그 길로 가면 어디가 나오는지는 알고나 계세요? 저쪽 아래로는 불행한 사람들이 사는 나라가 있다고들 해요. 그런데 어째서 쉬운 길로 가지 않으시는 거죠? 그쪽 길로 가면 행복한 사람들이 사는 나라로 들어가는, 경사가 완만한 77개의 골짜기에 이르게 되는데요."

"난 불행한 사람들이 사는 나라에 대해 잘 몰라."

방랑자가 대답했다.

"그러니 알고 있는 대로 좀 말해 줘. 어젯밤에 내가 꿈을 꾸었는데, 그 꿈이 내 마음속에 무언가 영감을 주었어. 어려운 것을 사랑하고 쉬운 것을 의심하는 법을 배워라. 그리고 불행한 사람들을 찾아가고 만족하는 사람들의 사회를 피하라.

무(無)를 통해
행복한 사람들의 행복을 증가시킬 수는 없지만,
미소를 통해서는
불행한 사람들의 불행을 변화시킬 수 있다네.

양치기 소녀는 황급히 오두막 안으로 들어가더니 조그마한

책을 가지고 나왔다. 물론 방랑자에게 보여 주기 위해서였다.

"이걸 보세요. 제가 살아오면서 들었던 모든 진실한 격언들을 이 속에다 기록해 두었어요. 아직 대여섯 개 정도밖에 되진 않지만 전 확신해요. 제 인생에 있어서 앞으로도 최소한 대여섯 개 정도는 더 듣거나 찾을 수 있다고요. 그리고 방금 할아버지께서 약간 이상한 진실을 말씀하셨는데…… 잊어버리지 않도록 즉시 기록해 두어야겠어요."

"글도 쓸 줄 아니?"

방랑자가 신기하다는 표정을 지으며 말했다.

"대단하구나! 나도 글은 쓸 줄 알지만 너처럼 기록하는 버릇은 유감스럽게도 아직 들이지 못했어. 난 늘 많은 생각에 사로잡혀 있지. 하지만 그 생각들을 기록해 놓지 못했기 때문에 다 잊어버렸어……. 그건 그렇고 이제 불행한 나라의 이야기를 좀 들려주겠니. 네가 알고 있는 모든 걸 말이야!"

"음, 그러니까……."

양치기 소녀는 그릇에 담겨 있는 우유를 홀짝홀짝 마시며 말했다.

"옛날에는 이쪽과 저쪽 사이에 경계가 없었어요. 사람들은 이곳저곳을 여행하면서 서로 친분을 쌓았답니다. 저쪽에 있는 사람들은 이쪽에 사는 우리와는 달랐어요. 하지만 사람들은 그저 서로를 좋아했고, 이쪽과 저쪽을 비교한다거나 하지는 않았죠. 그러던 어느 날 일이 벌어지고 만 거예요.

무슨 일인지 잘 모르겠지만 그때부터 저쪽에서 방문해 오는 사람들의 수가 눈에 띄게 줄어들어 거의 없을 정도가 되었죠. 저쪽 나라를 방문했던 우리 쪽 사람들은 자신들이 푸대접 받고 의심의 눈초리를 받았다고 말했고요.

그 일이 있고부터 우린 저쪽 사람들에게 불행한 사람들이라고 이름을 붙였답니다. 우리 쪽은 행복한 사람들이라고 붙이고요. 정말로 저쪽 사람들은 불행하기만 하고, 우리 쪽은 행복하기만 한 건지 모르겠지만 그렇게들 불렀어요. 하여튼 우린 거기에 들어맞는 새로운 단어를 찾아낼 수가 없었죠.

어느 날 사자(使者)가 말을 타고 와서 외치더군요. '이쪽과 저쪽 사이에 오늘부터 병사들이 경계를 서게 될 것이오. 우선 차단목을 설치하고 불행한 사람들의 나라로 가는 출입을 통제하겠소.'

순식간에 사람들이 몰려들었죠. 우리 쪽 사람들은 이쪽에,

저쪽 사람들은 자기네 쪽에 늘어서 있어요. '당신네들 거기서 뭐 하는 거요?' 우리 쪽 사람들이 외쳤죠. 그러자 저쪽 사람들이 외치더군요. '당신네들이 상관할 바 아니잖소. 그건 그냥 경계선에 불과한 거요. 이제부터 그게 두 나라 사이의 국경이 되는 것이오.'

험상궂게 보이는 병사들이 통행을 허락해 달라고 요청하는 행복한 나라 사람들을 겁주더니 경계선에서 물러서게 만들었어요. 이렇게 되어 불행한 사람들이 사는 나라의 경계선 부근 땅들은 더 이상 경작되지 못하게 되었고, 이쪽과 저쪽 사이의 도로 역시 황폐해져 버렸죠. 그리고 길들도 점차 막히게 되었답니다. 경계선 너머 황폐한 땅 위로는 싸늘한 바람만 불고 있죠.

이제 더 이상 그 누구도 저쪽으로 가고 싶다든지, 저쪽 소식을 듣고 싶어하지 않게 되었어요. 그래서 불행한 나라의 소식 또한 뜸해지더니 마침내는 완전히 끊기고 말았죠.

제 생각엔 그 동안에 행복한 나라 사람들이 불행한 나라 사람들을 잊어버린 게 아닌가 싶어요. 저쪽 사람들에 대해선 아무도 모르니까요. 지금까지의 이야기는 부모님께 전해 들은 거예요. 그게 제가 알고 있는 전부랍니다."

방랑자는 아주 진지하게 이야기를 들었다. 양치기 소녀는 사랑스러운 표정으로 그의 얼굴을 쳐다보았다.

"아, 할아버지가 염려돼요! 저쪽으로 들어가시면 불행해지실 수도 있을 거예요. 뭔가 나쁜 일이 생기거나 저들이 할아버지를 가두어 놓을지도 몰라요. 불행한 나라의 사람들은 위험한 사람들이거든요."

"네 말이 다 맞을지도 모르겠구나. 하지만 염려 말거라. 나를 돌봐 주는 조그만 친구가 늘 내 곁에 있거든. 이리 와 봐!"

"와, 딱정벌레잖아!"

"잠깐, 이건 보통 딱정벌레가 아니란다. 이건 희망을 배달해 주는 딱정벌레야. 네 손바닥 오목한 부분에다 올려놓고 감싸안은 다음, 따뜻한 마음을 실어 보내 줘. 그리고 네 마음속 깊이 바라고 있는 것을 한번 빌어 보렴."

"제게 줘 보세요. 소원 빌 게 있거든요!"

양치기 소녀는 딱정벌레를 애정 어린 손으로 감싸안고 자신의 따뜻한 마음을 실어 보낸 다음, 딱정벌레를 향해 자신의 소원을 빌었다.

"제가 소원으로 뭘 빌었는지 아세요? 앞으로 다시 이쪽과 저쪽, 두 진영의 사람들이 이 풀밭에 나란히 앉게 해 달라는 소원과 할아버지께서 불행한 나라에서 무사히 돌아오시게 해 달라는 소원을 빌었어요. 그러면 전 다시 하얀 깔개를 파란 잔디 위에 펼쳐 놓을 거고, 우린 맛있는 걸 먹고 마시겠죠. 또 할아버지께선 저쪽에서 겪으셨던 일들을 제게 모두 말씀해 주실 거고요. 그중에는 제가 이 작은 책에 기록할 만한, 가치 있는 격언들도 있겠지요."

"그렇게 될 거야. 나도 그리 되길 굳게 믿으마."

방랑자가 말했다.

"지금 그 책을 펴 보겠니? 머릿속에 갑자기 멋진 격언이 하나 떠올랐어. 사실 너를 만날 때 만들어 두었던 거야. 한번 적어 보렴.

신은
그대 혼자 머물러 있던 날들에 대해선 생각지 않으시네.
하지만
그대가 친구를 얻게 된 1시간에 대해서는
1,000일로 평가해 주신다네.

자, 이제 작별해야 할 시간이 되었구나!"

국경선

　　들판과 수풀을 헤치고 찬바람을 맞아 가며, 평탄한 도로에서 벗어나 종종 나무 아래에서 자기도 하고, 샘물을 떠 마셔 가며 오랜 세월 걸어온 방랑자는, 드디어 길 하나를 발견했다.

　　그는 이윽고 한없이 뻗어 있는 국경선 앞에 섰다. 차단목도 발견했는데 그 너머로는 불행한 사람들의 나라로 들어가는 길이 널따랗게 펼쳐져 있었다. 사람은 전혀 눈에 띄지 않았다.

　　방랑자는 차단목 위로 올라가서 지팡이로 국경 초소의 문을 두드렸다. 하지만 아무 소리도 들리지 않았고 아무도 나타나지 않았다.

초소 뒤를 보니 보초병들이 있었다. 그들은 한때 세상 사람들에게 온통 두려움의 대상이었지만, 지금은 아주 초라한 몰골로 땅바닥에 앉아 있었다. 무기들은 오랫동안 사용하지 않은 듯 그냥 옆에 내버려 둔 상태였다.

"왜들 경계를 서지 않는 거요? 그게 당신들의 임무 아니오?"

방랑자가 슬픈 표정을 짓고 있는 보초병들에게 물었다.

"우리가 왜 경계를 서야 하는지 그 이유를 잊어버렸기 때문에 이러고 앉아 있는 거요."

한 보초병이 말하자 다른 보초병이 거들며 나섰다.

"우린 이제껏 한 번도 위험한 순간을 맞은 적이 없고, 한 번도 수상한 사람을 본 적이 없소."

그러자 세 번째 보초병이 말을 받았다.

"그런데 혹시 당신이, 소위 말하는 적이 아니오? 그렇다면 좋겠는데."

"아니오."

방랑자가 대답했다.

"난 적이 아니오. 그저 사람일 뿐이오."

"어이구 젠장!"

가장 나이 많은 보초병이 말했다.

"우리의 슬픔을 몰아낼 수 있는 좋은 기회라고 생각했는데 다 틀렸군."

"어째서 그렇게들 슬픔에 잠겨 있는 거요?"

늙은 방랑자가 궁금해서 물었다.

보초병들은 이해할 수 없다는 표정으로 서로의 얼굴을 쳐다보았다. 마침내 한 보초병이 방랑자에게 몸을 돌리며 대답했다.

"아니 세상에, '적' 이라는 존재가 없는 병사나 보초병이 무슨 의미가 있겠소? 근처에 아무도 얼씬거리지 않으니 써먹을 기회라곤 없는 무기를 깨끗이 손질하고, 대포에 기름칠하는 게 무슨 소용 있단 말이오? 내가 지금 당신한테 묻고 있는 것도 무슨 의미가 있겠소?"

"아무 의미가 없죠."

방랑자는 이렇게 대답하면서, 양치기 소녀가 길을 떠날 때 챙겨 주었던 신선한 빵과 치즈를 보초병들에게 건네주었다.

그러자 보초병들의 얼굴이 약간 밝아지더니, 자신들이 갖고 있던 포도주를 방랑자에게 건네기까지 했다. 더불어 자신들이 슬픔에 빠져 있다는 사실과, 또한 그 사실이 별 의미가 없다는 걸 잠시 잊었다. 그리고 적들이 전혀 눈에 띄지 않았기 때문에 자신들의 임무를 제대로 수행할 수 없어 생겨난 피곤함도 이 순간만은 잊을 수 있었다.

방랑자는 보초병들에게 이제껏 세상을 돌아다니며 겪은 여행담을 들려주었다. 그들은 점점 솔깃해하며 귀를 쫑긋 세웠다. 흥미가 고조됨에 따라 그들은 포도주를 더 많이 마셨고 말수 또한 많아졌다.

그들은 세상에 대해 아무것도 아는 게 없었다. 단지 자신들이 경계를 서고 있는 국경선 바깥 세계가 자신들이 살고 있는 국경선 안쪽 세계보다 틀림없이 상황이 더 나쁠 거라는 짐작만 할 뿐이었다. 보초병들은 바깥 세계에는 살인이나 범죄, 탈선 행위 같은 것들이 난무한다고 생각하고 있었던 것이다.

그런데 방랑자가 여행을 하면서 그런 것들에 대해 별로 본 적이 없었다고 하자, 그들은 매우 놀라워하면서 한편으로는 믿지 못하는 눈치였다. 결국 그들은 그냥 여행만 하겠다는 방랑자의 순수한 동기를 인정하여 나라 안을 둘러봐도 좋다고 허락하면서 한마디 덧붙였다.

"이곳은 아무것도 볼 게 없을 거요. 모든 게 다 잘되어 있으니까. 우리 나라는 정말이지 행복한 나라요."

그러고 나서 그들은 다시 방랑자가 처음 보았을 때의 슬픈 표정으로 되돌아갔다.

그런 보초병들을 통해 방랑자가 어렵사리 알아낸 것은, 불행한 나라가 6개의 도시와 왕국 수도로 구성되어 있다는 사실이었다. 그들의 말에 의하면, 백성들 즉 노동의 도시, 평등의 도시, 농담의 도시, 쇠의 도시, 사기의 도시 그리고 음모의 도시에 사는 사람들 대부분은 유능하며, 이는 무엇보다도 구중궁궐 궁전에서 특이한 방식으로 살고 있는 국왕 브루스트라우스(Brustraus) 7세의 탁월한 통치 덕분이라는 것이었다.

"그분은 오늘날까지 1,123개의 법률을 공포하셨는데, 그 법령들 중 특히 하나는 다른 어떤 것보다도 완성도가 높소."

그러면서 보초병들은 먼지가 쌓인 액자 하나를 꺼내 보였다. 국왕의 얼굴을 그린 그림이었는데 매우 근엄해 보였다.

"대단히 고맙소, 병사 양반들."

방랑자가 인사말을 했다.

"흔쾌히 그토록 많은 사실들을 알려 주시다니, 뭔가 보답을 하고 싶구려. 혹시 뭔가 소원이 있다면 말해 보시지요……."

그러자 보초병들이 말했다.

"오. 어쩌다가 당신은 그릇된 길로 빠져 버렸단 말이오! 우리는 소원이라는 것을 가지고 있지 않소. 하지만 누구나 그렇게 뭔가를 바라는 버릇을 고칠 수는 있소. 우리 정부는 이른바 10개년 계획이라는 것을 세워 우리가 특별히 바라는 것 없이도 행복하게 살 수 있도록 만들어 주었소. 그러니 우린 바랄 수 있는 것만 모두 갖고 있는 거지.

소원이라는 건 원래 그리 환영할 만한 게 아니오. 사실 엄밀히 말하면 그건 별 의미가 없소. 어차피 우린 10개년 계획 속에서 살면서 나중에 실행 가능한 것들만 바랄 수 있을 뿐이거든. 소원을 비는 자는 정부가 앞으로 행할 공식적인 조치들에 대해서만 비판할 수 있단 말이오. 이보시오, 낯선 양반, 충고 한마디하겠소. 아무쪼록 소원 따위를 비는 일에 빠져 들지 마시오!"

그러자 방랑자는 웃으며 말했다.
"나라마다 관례도 가지가지구려."
그리고 의아하다는 듯 고개를 갸우뚱하고는 길을 떠났다.

꽃 천지

표지판이 노동의 도시 (뢰델하임 Rödelheim) 방향을 가리키고 있었다. 방랑자는 잘 가꾸어진 농작지를 따라 길게 뻗은, 그늘 하나 없는 길을 경쾌하게 걸어갔다. 물론 중간에 사람이라고는 그림자도 볼 수 없었다.

방랑자는 오랫동안 길을 걸을 때, 좀더 즐거운 대화를 나누기 위해 자주 해 왔던 방식대로 소원 해결사 딱정벌레를 자신의 어깨 위에 올려놓았다.

"도대체 우린 뭘 배운 거지? 완전한 정부라는 게 존재해?"

방랑자가 딱정벌레에게 물었다.

"완전히 얼간이들만 있던 옛날에나 그랬죠. 아니면 완벽한 바보들이 있는 곳에 완전한 정부가 있을 수 있겠군요……."

"난 완전하다는 게 두려워."

방랑자가 말했다.

"직선도, 2 더하기 2가 4라는 것도 모두 다 완전한 거지. 하지만 사람은 완전한 존재가 아니야."

"맞아요."

딱정벌레가 끼어들며 말했다.

"사람이 정말 멋있게 보이는 건 늘 뭔가 기대를 가지고 그리워하며 살아가기 때문이죠. 절대로 이루어지지 못하는 것일지라도 말이에요. 기대가 없고 꿈이 없다면 사람들은 보기 흉해지고 우둔해질 거예요."

방랑자가 그 말에 동의했다.

"맞아, 아이들의 눈을 바라보고 있으면 기분이 참 좋아져. 세상에서 가장 총명한 것이 그 눈동자 속에 들어 있잖아. 어른들이나 세상에 시달려 철이 들기 전에 아이들이 하는 건 뭐든 그냥 믿음이 간단 말이야. 아이들이 모든 걸 소원 해결사인 너에게나, 삶에 대해 기대한다면 아주 멋진 일이지. 우리 같은 늙은이들이나, 우리같이 환멸을 느끼고 있는 사람들은 모두 다 바보들이지만 아이들은 그렇지 않거든. 아이들이 삶에 대해 더 많이 알고 있다니까."

그들이 대화를 나누면서 노동의 도시 첫 번째 집에 다다랐을 때는 이미 저녁때가 다 되었다. 방랑자는 가진 돈이 없었기 때문에 하룻밤을 묵어 갈 수 있는 헛간이나 은신처를 찾아야 했다. 하지만 어디서나 거부하는 듯한 느낌의 그저 모양새만 매끄러운, 문이란 문은 모두 닫힌 집들만 보였다. 말을 붙여 볼 사람은 눈에 띄지도 않았다.

결국 방랑자는 하룻밤 잘 곳을 찾기 위해 집집마다 문을 두드려 보기로 했다.

"안녕하세요?"

방랑자는 자신에게 문을 열어 준 여인에게 인사했다.

"제 집에 찾아오시기로 약속했던가요? 그렇다면 무슨 일로 그런 거였죠?"

여인이 물었다.

"아무도 저와 약속하지 않았습니다. 그저 뭘 좀 여쭤 보려고 문을 두드렸을 뿐입니다."

"그럼 우선 몇 가지 조사를 해야겠어요. 왜 당신은 저와 만날 약속을 하지 않으셨죠?"

"전 조사를 받지 않을 겁니다. 그저 당신께 몇 가지 알아보고 싶을 뿐이니까요."

방랑자가 대답했다.

"전 이곳이 생전 처음입니다. 소위 말하는 방랑객이죠. 오늘밤 어디서 묵을 수 있을지 알고 싶습니다."

여인은 매우 불쾌한 표정을 지으며 말했다.

"어쩐지 의심스러워 보이는군요. 누가 이곳을 여행할 거라는 계획에 대해선 들은 바가 없는데. 당신이 무슨 일이 있어도 여행을 하겠다면, 바다로 가거나 농담의 도시로 가세요! 여기에서는 하는 일 없이 빈둥거리고 있어서도 안 되고, 또 알아볼 그 무엇도 없으니까. 이 양반아, 당신은 지금 노동의 도시에 있는 거란 말이오!

여기는 일하고 또 일하고, 계속해서 그저 일만 하는 곳이라고요. 그러니 여행하고 있는 사람을 재워 준다는 건 상상도 못 해 봤소. 여긴 호텔도 없고 음식점도 없어요. 참, 한 가지 생각이 나서 그러는데 혹시 노동 허가증은 가지고 있나요?"

방랑자는 머리를 가로저었다.

"그렇다면 이곳에 머물러선 안 돼요. 또 여기에 머무를 수 없는 사람은 여기서 식사를 하거나 잠을 자서도 안 되고요. 당신은 노동의 도시에서는 원치 않는 사람이라고요. 제발 당장 여기를 떠나세요! 지금 당신은 내 일을 방해하고 있단 말이에요."

"죄송합니다."

방랑자가 대답했다.

"당신의 일을 방해할 마음은 추호도 없습니다. 당신의 일을 훔치고 싶은 마음도 없고, 음식이나 잘 곳을 요구하고 싶지도 않고요. 제가 먹을 음식은 가지고 있습니다. 그저 길가에서 밤을 지새고 싶지는 않아서 마른 지푸라기라도 쌓여 있는 허름한 헛간을 찾고 있을 뿐입니다."

"지금껏 수많은 사람들을 만나 봤지만 당신은 정말 이상한 사람이군요."

여인이 어이없다는 듯 말했다.

"헛간이란 건 이미 오래전에 이곳에서 사라졌고 깨끗하게 정돈된 창고밖에 없어요. 거기엔 물건들이 잔뜩 쌓여 있고요.

그러니 사람이 누울 만한 곳이 못 됩니다. 원래가 그렇잖아요. 사람 하나에 침대 하나. 그런데 여기엔 침대가 없으니, 음…… 이제 그만 가 보세요. 그러지 않으면 경찰에 신고할 거예요."

"그거 좋은 생각입니다."

방랑자가 반색을 하며 말했다.

"감옥에 가면 밤을 새는 데 그리 나쁠 것 같지 않군요."

그러면서 방랑자는 순진한 표정을 지으며 다정한 눈빛으로 여인을 쳐다보았다.

마침내 경찰들이 와서 방랑자를 데리고 갔다. 그러고는 감옥에 넣고 심문했다.

"당신 정체가 뭐요?"

그들이 묻자 방랑자가 대답했다.

"사람입니다."

"그걸 대답이라고 하는 거요?"

경찰들이 다그쳤다.

"뭘 하는 사람인지 말하시오."

"여행을 하고 있는데요."

늙은 방랑자가 대답했다.

"아하, 그럼 여행자구려, 아니면 출장 점원이오? 그래 무슨 품목을 취급하고 있소?"

"난 아무것도 취급하지 않습니다."

"무슨 엉뚱한 소릴 하는 거요!"

경찰들이 말했다.

"아무것도 안 하는 사람은 하나도 없어. 만약 있다면 그 사람은 사기꾼일 거요. 누구나 돈을 벌기 위해 뭔가를 하지. 누구나 물건을 사고 팔아야 한다고. 그게 생활이니까."

그러자 방랑자는 웃으면서 덥수룩한 머리를 흔들어 댔다.

"난 그 반대도 있을 수 있다고 확신해요. 대표적인 사람이 난데, 난 모든 것을 퍼 주며 살아가고 있거든요."

"그래요? 하지만 누구나 잘살고 돈도 많잖소."

"나 역시 부자인데 유감스럽게도 돈은 한 푼도 없답니다. 난 사람들에게 그들의 소원들을 선물하죠. 그러면 그네들은 내게 웃음을 선물한답니다. 그런 식으로 멋지게 살 수도 있어요."

"아, 알았소."

경찰들은 말을 마치자 탁 소리가 나게 서류들을 덮더니, 방랑자를 수많은 침대가 있는 감방으로 데리고 갔다.

침대 위에는 한 젊은 남자가 자고 있었는데, 경찰들과 새로 들어온 죄수인 방랑자 때문에 잠에서 깨게 되었다.

"신기하군."

잠에서 깨어나 웃고 있는 젊은 감방 동료에게 방랑자가 말을 건넸다.

"자네는 내가 불행한 나라에서 만난 사람 중 처음으로 웃고 있는 사람이네그려. 무슨 짓을 저질렀기에 그토록 즐거워하고 있나?"

"전 여기서 휴식을 취하고 있습니다."

젊은 남자가 대답했다.

"그리고 마음껏 생각도 하고 있지요. 정말 기분 좋아요. 제가 꿈을 꾸고 있을 때 노인장이 절 깨우셨지요. 사실 이런 건 일을 하는 동안에는 어림도 없는 짓이죠. 솔직히 말하면 나쁜 버릇이 또다시 도진 거랍니다. 하도 많이 들락거려 이젠 여기 있는 사람들이 절 알아봐요. 제겐 공상적인 구석이 너무나 많아서, 아무리 뭔가를 바라고 소원해 봤자 이 나라에서는 아무 것도 바꾸어 놓을 수 없다 하더라도, 저를 아주 나쁘게 버릇

들일 수 있거든요."

"그렇다면 우린 잘 어울리는군. 바람에 대해, 꿈과 소원에 대해 내가 좀 알고 있으니 자넬 도와줄 수 있을 거네."

늙은 방랑자는 가지고 있던 자루를 열더니, 빵과 치즈, 포도주를 꺼내 젊은 남자에게 나누어 주었다. 두 사람은 매우 기분이 좋아졌다. 감방에 행복이 젖어 드는 순간이었다. 또한 그들은 아무 걱정 없이 편안하게 잠을 이룰 수 있었다.

아침이 되자 햇살이 창문 사이로 비쳐 들어왔다.
"여길 보게!"
방랑자가 젊은 감방 동료에게 말했다.
"이건 희망을 배달하는 딱정벌레라네. 난 소원을 아직도 잊어버리지 않고 있는 사람들에게 이 딱정벌레를 잠깐 선물하는 습관이 있지. 자네 손바닥 오목한 부분에 이 친구를 올려놓고 감싼 다음 자네의 마음을 전해 보게. 그러면 자네 가슴 깊이 간직한 소원이 이루어질 것이네."

"깊이 간직한 소원이 말입니까?"
젊은 남자가 믿지 못하겠다는 투로 물었다.
"그렇다네. 하지만 사심이 없는 소원들이라야 금방 실현

될 것이네. 이기적인 소원들은 이 딱정벌레가 이해하지 못하거든."

"그렇다면 뭘 소원으로 빌어야 하는지 알 것 같군요."

젊은 남자가 흥분하여 말했다.

그는 소원 해결사 딱정벌레를 조심스럽게 자신의 손바닥 위에 올려놓고 따뜻한 마음을 불어넣으며 말했다.

"딱정벌레야, 노동의 도시에 꽃을 피워 주겠니? 사방 어디를 둘러봐도 늘 볼 수 있게 수많은 꽃들이 피어났으면 좋겠구나. 그리고 과연 소원이 이루어졌는지 내게 보여 주렴!"

젊은 남자가 말을 마치고 얼마 안 지나서 정말로 아침 햇살이 비치는 감방 책상 위에 아름답게 피어난 데이지와 아네모네, 그리고 참제비고깔이 어우러진 예쁜 꽃다발이 놓여 있는 것이 아닌가! 그야말로 눈 깜짝할 사이에 벌어진 일이었다.

감옥 안에 일제히 환호성과 함성이 울려 퍼졌다. 이어서 호루라기 소리가 나고, 고위 간부의 고함 소리가 들리더니 교도관들이 바쁘게 복도로 후닥닥 뛰쳐나왔다. 동시에 곳곳에 있는 감방 문들이 열렸다.

"여기도 꽃이고 저기도 꽃이야. 사방이 온통 꽃 천지야."

한 교도관이 외치자 다른 교도관도 소리쳤다.

"이건 혁명이야!"

교도관들은 책상 위에 있는 꽃들을 처리하느라 정신이 없었다. 게다가 소요가 일어났을 때 감방 문을 다시 닫는 것을 잊어버리는 바람에, 감옥 안에 있던 사람들은 자유의 몸이 되어 유유히 밖으로 나올 수 있었다.

"잘 있으오."

방랑자가 교도소장에게 인사했다.

바로 그 순간 교도소장은 장미 가시에 찔려 상처를 입었다.

"아 예, 잘 가시오!"

교도소장도 인사했다.

그는 초조한 심정으로 사태가 진정되기를 기다리면서, 찔

린 엄지손가락을 빨며 고통으로 일그러진 얼굴을 한 채 천장만 쳐다보고 있었다.

아, 정말이지 노동의 도시 거리 곳곳은 너무나도 많이 변해 버렸다. 어제까지만 해도 황량한 들판들이 길게 펼쳐져 있었는데, 지금은 다 자란 초원의 풀들이 여름 바람 속에 물결치고 있었다. 아무것도 없이 그냥 썰렁하기만 했던 집들의 앞에도 갑자기 곱고 환한 빛의 제라늄들을 담은 네모난 화분들이 눈에 띄었다.

사람들은 저마다 일을 중단하고 거리로 뛰쳐나와, 웃으며 신나게 서로 이야기꽃을 피웠다. 어디선가 갑자기 나타난 아이들은 풀밭 위를 뛰어다니거나 알록달록한 색깔의 공들을 던지며 놀았다. 오직 경찰관들만이 미친 듯이 왔다갔다하며 사람들에게 다시 집 안으로 돌아가 일을 계속하라고 종용하고 있었는데, 그 모습은 정말이지 우스꽝스러웠다.

"제가 소원을 들어주겠다고 주인님과 한 약속이 너무 거창했나요?"

소원 해결사 딱정벌레가 방랑자의 귀

에다 대고 속삭였다.

방랑자는 딱딱하게 굳어 있던 이 도시를 멋지게 변화시킨 마술의 효력이 약해지기 전에, 즐거운 분위기의 노동의 도시를 뒤로하고 서둘러 길 떠날 준비를 하고 있던 참이었다.

"아냐."

방랑자가 대답했다.

"네 속에는 정말 엄청난 힘이 들어 있구나, 딱정벌레야!"

그러자 딱정벌레가 말을 받았다.

"뭔가 잘못 생각하고 계시는군요, 주인님. 그런 힘은 제게 있는 게 아니라, 소원을 비는 마음과 그 소원을 이루고자 하는 열정 속에 들어 있는 거랍니다.

그대가 바라는 만큼 많이 할 수 있다네.
그러니 할 수 있는 만큼 많은 소원을 빌지니.

소원이란 아이와 같은 것.
소원은 사랑에서 비롯되고,
시간에 의해 성숙되며
인내를 통해 위대해진다네.

"네게 마술을 부릴 수 있는 능력이 없다는 걸 지금 말하려는 거야?"

방랑자가 약간 의아해하는 투로 물었다.

"그럼 제가 지금 거짓말을 하고 있는 것 같으세요?"

딱정벌레가 속삭였다.

"제게 그럴 능력이 있느냐 없느냐, 이 사람 저 사람 누구나 다 할 수 있느냐 없느냐가 중요한 게 아니에요.

얻고자 하는 것을 얻기 위해서는
얻기 힘든 것 또한 믿어야 하네.

주인님! 마술과 기적의 차이를 차근차근 알아 가셔야만 해요. 기적이라는 건 가능한 것이지만 마술은 그렇지 않아요."

"거기에 대해선 다음 기회에 자세히 얘기 나누기로 하자꾸나."

방랑자가 말을 끊으며 나섰다. 그러고는 자루를 열어 딱정벌레를 살포시 안에다 집어넣었다.

예술적인 저녁 식사

이제 방랑자는 산악 지대로 향하는 길목에 섰다. 그곳 도로 분기점에서 얼마 떨어져 있지 않은 곳에 작은 도시가 보였다. 태양이 작은 언덕으로 둘러싸여 있는 도시를 환하게 내리쬐고 있었다.

도시 이름이 '평등의 도시(나이트 임 빙켈 Neid im Winkel)'라는 것을 알려 주는 표지판이나 깨끗하고 아담한 집들, 이 모두가 하나같이 낯선 손님을 포근하게 맞아 주었다. 결코 이곳이 불행한 사람들이 사는 나라라고는 믿어지지 않았다.

표지판 아래에는 가장자리가 섬세한 나선 모양으로 장식되어 있는 커다란 문장(紋章)이 달려 있었는데 그 안에는 이런 글이 씌어 있었다.

평등의 도시에 오신 여러분, 환영합니다!

여기는 천국이랍니다.

이곳에선

차이란 차이는

눈 씻고 봐도 없답니다.

가난하다거나 부유하다거나

키가 크다거나 작다거나

힘이 세다거나 약하다거나 하는 건

여기선 통하지 않습니다.

이곳 평등의 도시에서는 모두가 평등하답니다.

세계는 우리 도시를

모범으로 삼아야 할 것입니다.

방랑자는 이 내용을 직접 확인해 보고 싶었다. 우선 눈을 돌려 돌아보니, 놀랍게도 수많은 집들이 첫눈에 봐도 알 수 있을 정도로 똑같은 모습이 아닌가! 집 크기도 똑같았고, 정원마다 하얀 울타리가 쳐진 것도 한결같았다.

집들은 모두 동향으로 지어져 있었고, 지붕은 모두 빨간색, 창문은 모두 다섯 개였다. 또한 모든 집 대문에는 도금양 나무로 만든 화관 모양의 장식이 매달려 있었다. 심지어 쓰레기통들마저 정확히 똑같은 위치에 놓여 있었는데, 집 쪽으로 향하게 놓인 뚜껑의 위치도 모두 똑같았다.

늙은 방랑자는 매우 흥미로워하면서 시가지를 돌아다녔다. 도로 이름 역시 다른 곳에서 흔히 볼 수 있는 "숲길", "해안로", "산길" 같은 이름이 아니라, "제1로", "제2로", "제3로" 등과 같은 이름으로 되어 있었다. 이를 보고 방랑자는 생각했다.

'아하, 그 누구도 다른 사람보다 더 나은 동네에 살지 않게 되어 있구나.'

하지만 도심을 지나면서 방랑자는 모든 집들 사이에 한두 가지 이상의 다른 점이 있다는 것을 알게 되었다. 다시 말해서, 어떤 집의 도금양 화관은 싱싱한 것으로 엮어져 있는데 반해, 어떤 집의 도금양 화관은 말린 것으로 엮어져 있었고, 또 다른 집의 도금양 화관은 나무가 아닌 인공 소재로 만들어져 있었다. 또한 모든 집들마다 똑같이 생긴 장식용 난쟁이 상들을 앞뜰에 놓아두었는데, 어떤 집의 것은 벌써 색깔이 바래 버린 반면, 또 다른 집의 것들은 반짝반짝 윤이 났다.

도심 한복판에는 웅장한 시청 청사가 자리잡고 있었다. 아무도 방해하는 사람이 없었기에, 방랑자는 안으로 들어가 마음 놓고 곳곳을 둘러보았다. 일반 사람들의 주택을 보았을 때는 손질이 잘되어 있으면서도 수수한 느낌이었다. 반면, 시청 청사는 한마디로 으리으리하고 거대한 건물이었는데, 사람들이 서류들을 들고 정신없이 바쁘게 왔다갔다하는 모습이 그야말로 벌집 속 같았다.

그 안에서 길을 제대로 찾아가기란 여간 어려운 일이 아니었다. 하지만 방랑자는 얼마 지나지 않아 방문마다 붙어 있는 팻말을 발견하게 되었다. 이를 통해 그는 각 방마다 무슨 일을 하고 있는지 알게 되었다.

이제 늙은 방랑자는 "잔디 녹화과"와 "잔디 제거과"라는 분과가 딸린 "녹지 보호국"이라는 팻말이 붙어 있는 문 앞에 섰다. 이 부서는 건축국과 연계되는 부서로, "시 정원 울타리 설치과"와 "벽돌 및 지붕 경사 관리과"로 세분되어 있었다.

방랑자는 흑판에 씌어 있는 조사 위원회의 분과인 "평등의 도시의 흉측한 사람들"이라는 상임 작업반의 주간 회의 안건 즉, "평등의 도시는 더욱더 아름다워져야 한다"라는 문구를 발견하고는 깜짝 놀랐다.

그는 눈을 비비고 다시 확인하고 나서 서둘러 시청을 빠져나왔다. 시청을 나오기 전에 방랑자는 한 공무원에게 평등의 도시에 음식점이 있는지 물어보았다. 그러자 공무원은 이렇게 대답했다.

"음식점이 하나만 있는 게 아니오, 영감. 평등의 도시에는 세 개의 음식점이 있소. 여기에는 독점이라는 게 있을 수 없소! 밖으로 나가서 오른편을 보면 음식점들이 쭉 있을 거요."

그렇다면 방랑자는 이제 어떤 음식점을 선택해야 할까? 첫 번째 음식점일까, 두 번째 음식점일까, 그도 아니면 세 번째 음식점일까? 외관을 보면 세 음식점 모두 똑같아 보였다.

음식점들 앞에 저마다 걸린 메뉴판을 보니 음식의 종류는 단 한 가지로 모두 똑같았고, 음료수의 종류도 단 한 가지로 모두 똑같았다. 원래 공평한 것을 좋아하는 방랑자였기에 그는 이렇게 생각했다.

'대부분의 사람들이 첫 번째 음식점을 선택할 거야. 세 번

Drittes Gasthaus 3

째 음식점에는 맨 마지막에 어쩔 수 없이 갈 거란 말이지. 그러니 난 세 번째 음식점을 가야겠다.'

방랑자는 세 번째 음식점으로 들어갔다. 식탁마다 식탁보가 멋지게 깔려 있고, 식탁 위에는 양초가 타고 있었다. 하지만 손님이라곤 아무도 없었다.

뚱뚱한 여주인이 계산대 뒤에서 잠을 자고 있다가 그를 발견하고는 빨갛게 상기된 얼굴로 눈을 커다랗게 뜨고 쳐다보았다.

"여기서 뭐 하세요?"

마침내 여주인이 어물어물 물었다.

그러자 방랑자가 대답했다.

"여기가 음식점이 맞는지 확인하고 있소. 분명 문 밖엔 메뉴판이 걸려 있고, 문도 열려 있고, 양초도 타고 있고, 또 음악도 거리로 흘러나오고 있는데 어찌 된 거죠?"

"손님은 이곳 사람이 아니신가 보군요."

여주인이 슬픈 표정으로 말했다.

"여기 사는 사람들은 우리 음식점에 절대로 들르지 않거든요."

"아니 무슨 이상한 말씀을!"

방랑자가 이의를 제기했다.

"아무도 음식점에 들어오지 않는다면, 음식점이 무슨 필요가 있단 말이오? 그것도 세 개씩이나."

"죄송합니다만 손님께서는 전혀 이해하지 못하고 계시는군요."

여주인이 말했다.

"설명해 드릴 테니 잘 들어 보세요. 평등의 도시에 있는 모든 것들은 나름대로 질서 체계를 지니고 있답니다. 여기 이게 바로 우리 나라 음식점에 관한 일반 규정인데요, 음…… 어디다 두었더라."

주인 여자가 혼잣말로 중얼거렸다.

"아하, 여기 있군요. …… 인구 4,999명 이상의 도시는 좌석을 완비하고 모든 메뉴를 소화할 수 있으며, 맥주 제조 허가권을 지닌 음식점을 최소한 하나는 의무적으로 운영해야 한다. 그런데 평등의 도시는 작년 통계에서 인구가 5,999명을 넘었기 때문에, 좌석을 완비하고 모든 메뉴를 소화할 수 있으며,

맥주 제조 허가권을 지닌 음식점을 하나 더 설치·운영하도록 한다. 하지만 두 업체간에 경쟁이 붙었을 경우에는 직업별 경쟁 조정에 관한 법률 제96조 2항에 의거, 무조건 제3의 음식점을 하나 더 설치하도록 한다. 손님께서도 보시다시피 모든 게 이렇게 질서가 잡혀 있단 말이에요!"

여주인은 방랑자를 약간 도전적인 눈초리로 바라보더니 규정집 쪽으로 눈을 돌렸다.

"뭘 좀 요리해 주겠소?"
방랑자가 말했다.
"제가, 요리를요?"
여주인은 약간 말을 더듬더니 땀을 흘리기 시작했다.
"전…… 음, 지금도 할 수 있을지 잘 모르겠군요!"
"아니 무슨 말씀이시오. 당신은 할 수 있어요. 눈만 보면 알 수 있는데, 정말이지 당신은 예술가요! 정말 흔치 않은 그런 사람이란 말이오. 내가 당신을 지켜볼 테니 용기를 내시오! 어서 주방으로 가요. 그 다음엔 냄비와 프라이팬을 가지고 늘 꿈꿔 왔던 대로 얼른 요술을 한번 부려 봐요! 아무한테도 말하지 않고, 또 아무 대가도 요구하지 않을 테니 염려 마시고."

여주인은 손을 떨었다.

"제가 보기에 손님은 스파이가 분명해요. 조금 전에 당신이 시청에서 나오는 걸 봤는데……."

"아, 아니오."

방랑자가 여주인을 진정시켰다.

"난 그저 여기까지 길을 잃고 흘러 들어온 방랑자에 불과하오. 난 그저 사람이라오. 물론 당신도 사람이지요. 당신의 마음이 보이는군요."

"물론, 저도 사람이에요."

여주인이 말을 마치자 굵은 눈물 방울이 그녀의 뺨 위로 흘러내렸다.

"정말이지, 저도 사람이란 말이에요. 하지만 손님, 아무에게도 말하시면 안 돼요. 제 목숨이 달려 있는 문제니까요! 함께 가시죠!"

다시 한 번 여주인은 경계의 눈빛으로 주위를 둘러보았다. 그러고 나서 그녀는 뚱뚱한 몸집을 최대한 빨리 움직여 계산대 앞에 있던 방랑자를 끌고 주방으로 들어갔다. 냄비들이 그들을 보자 반가운 듯 여기저기서 번쩍거렸다.

"이리 와 보세요, 빨리. 더 멋진 것을 보실 수 있을 테니까! 정원 쪽을 한번 보시라고요. 어머나 세상에, 우와. 만약 당신이 이걸 누군가에게 누설하면 정말 전 끝장이에요!"

여주인이 문을 열자, 형형색색의 너무나도 멋진 채소 정원이 눈앞에 펼쳐졌다. 백리향과 로즈마리를 비롯하여 양념으로 쓰이는 정선된 채소들이 저마다 황홀한 향기를 내뿜고 있었다.

빨갛게 잘 익은 사과들을 주렁주렁 달고 있는 사과나무 주위로 노란 호박이며, 초록빛 오이, 막대기에 빽빽이 걸려 있는 콩 덩굴, 절묘하게 나 있는 양배추, 탐스럽게 열린 토마토, 싱싱하게 자라 있는 상추 등이 자신들을 따 달라고 유혹하고 있는 것 같았다.

여주인은 뒤뜰로 소쿠리를 들고 가더니, 그중 가장 탐스러운 것들만 골라 능숙한 손놀림으로 이것저것 따서 주방으로 가지고 왔다.

여주인은 지하 창고에서 값비싼 적포도주 두 병을 들고 와 뚜껑을 따서 한 잔씩 따랐다. 그러더니 신나서 들떠 있는 방랑자가 지켜보는 가운데, 자그마한 구리 냄비를 가지고 정말로 요술을 부리듯 요리하기 시작했다.

가마에서 금방 연기가 나는가 싶더니, 한쪽에선 끓고 다른 한쪽에선 지글지글 굽는 소리가 났다. 맛 좋은 냄새가 가미된 그야말로 특이한 음악 소리였다. 이걸로 다 끝났을까? 천만에, 벌써 끝이라니! 붉은 식탁보에 양초며 한 쌍의 접시를 가져와야 하는데!

두 사람은 밤이 깊을 때까지 먹고 마셨다. 마침내 두 사람은 혀가 꼬부라질 지경이 되었고, 마음도 그만큼 가벼워졌다.

"아주머니, 어째서 이처럼 기막힌 솜씨를 이 도시 모든 사람들에게 선보이지 않는 거요? 이렇게 귀한 음식들을 식탁에 올리지 않는 이유가 뭐냐고요. 이 훌륭한 음식들의 향기가 밖으로 퍼져 나가면 길을 지나가던 사람들이 도저히 안 들어오고는 못 배길 정도로 유혹적인데 말이오.

처음에는 한두 사람이 오다가 그 다음에는 세 사람이 오고, 나중에는 모든 사람들이 오게 될 거요. 그리 되면 당신은 밀어닥치는 손님들을 감당하지 못해, 마침내 어디론가로 피신해야 할 정도가 될 거요. 그런데 어째서 바깥 메뉴판에는 제공 메뉴를 오직 한 가지만 적어 둔 거요?"

방랑자가 물었다.

"아!"

여주인은 괴로워하면서 술잔을 쭉 들이키더니 대답했다.

"질투심 때문에 그랬어요. 우리 모두를 망치는 거니까! 우린 다 같이 동등하게 지내고, 질투심을 없애기로 결의했거든요."

"하지만 당신네들이 없앴던 건 질투심이 아니라 기쁨과 각 개인의 특성 그리고 예술성 …… 이런 것들이었소. 요리의 대가이신 당신에게도 소원이 있소? 아직도 꿈이 있냔 말이오. 아니면 소원이고 그리움이고 모두 포기하셨소?"

"아니에요, 아니에요, 절대로 아니에요······."
"그렇다면 내가 도와주겠소. 아침이 될 때까지 기다리시오!"
방랑자가 웃으며 말하자 여주인은 더듬거리며 말했다.
"영감님께 그런 능력이 있을 것 같지는 않은데요."
그러면서 여주인은 오랫동안 이발도 하지 않은 방랑자의 머리를 살집 좋은 손으로 당기더니, 그의 이마에다 부드럽고도 촉촉한 입맞춤을 해 주었다. 그러고 나서 두 사람은 식탁에 엎드려 단잠에 빠졌다.

"아주머니, 손을 이리 줘 보시오."
아침이 되자 늙은 방랑자가 말했다.
"지금부터 모든 걸 변화시킬 수 있는 뭔가를 주겠소!"
여주인은 혈색 좋은 손바닥을 오므려 오목한 모양을 만들었다. 그러자 방랑자가 그 손바닥 위에 딱정벌레를 올려놓았다.
"아니, 이게 뭐죠?"
"소원 해결사 딱정벌레요. 심성이 고운 사람들, 바로 당신 같은 사람들을 위해 준비한 거요. 당신은 그냥 심성만 고운 게 아니라, 넉넉한 몸집만큼이나 신체 구석구석이 모두 다 고운 사람이오. 소원 해결사 딱정벌레에게 따뜻한 마음을 불어넣은 다음, 가슴속 깊이 진정으로 바라는 그 무언가를 찾아내어 빌어 보시오. 그러면 당신의 꿈이 이루어질 테니까!"

여주인은 눈을 크게 뜨고 방랑자를 바라보았다. 그러고는 눈을 감고 이제껏 한 번도 소원이라고 입 밖에 내 본 적이 없었던 것들을 빌고 또 빌었다.

"이게 무슨 냄새지?"

공무원들이 서로에게 물었다.

"자네도 무슨 냄새를 맡았나?"

"응. 나도 자네처럼 무슨 냄새를 맡고 있다네."

다른 공무원이 한 공무원에게 말했다.

"이건…… 뭐랄까…… 좀 다른 냄새 같아."

"뭔가 다르다면 안 되잖아."

상급 공무원이 훈계했다.

"이건 냄새만 다른 게 아닌 것 같은데."

이번에는 시장이 급히 문을 열고 들어와서는 호통쳤다.

"아무래도 뭔가가 수상해!"

"이 다른 냄새가 도대체 뭐지?"

모두들 야단법석을 떨었다.

"도시 전체에 반란이 일어났어! 쓰레기통들의 위치도 잘못 되었고, 정원에 있는 장식 인형들도 모두 거꾸로 세워져 있단 말이야. 그리고 무엇보다도 황당한 건, 도시 전역에 있는 녹지란 녹지에 온통 콜리플라워(꽃양배추)가 빽빽하게 들어차 있다는 거야!"

모두들 직접 눈으로 확인해 보기로 했다. 두꺼운 안경을 끼고 회색 옷을 입은 공무원들이 허둥지둥 뛰쳐나가 평등의 도시 시가지를 이리저리 달렸다. 그들은 하나같이 사태의 심각성을 기록했다. 그렇게 기록을 하면서 계속 달리는 바람에 그들은 땀을 뻘뻘 흘리며 매우 고통스러워했다.

열린 창문들마다에서 알 수 없는 음식 냄새가 풍겨 나왔고, 마을의 샘에서는 목욕 세제 거품이 흘러나왔다. 또한 무명 용사들의 추모비에는 티롤(오스트리아 알프스 지방:역주) 풍의 모자와 분홍색 점들이 박힌 팬티가 걸쳐져 있었으며, 주임 신부가 교사와 함께 마을 광장 한가운데에서 일광욕을 즐기고 있었다.

교도소 관리 소장

"목욕 세제라고!"
교도소 관리 소장이 크게 소리치며 소파에 앉은 채 온통 배꼽을 쥐고 웃었다.

"…… 그러니까 당신이 이런 연유로 체포되었는데, 관할권 때문에 우리한테로 넘겨졌다 이 말이구려? 야, 이거 아주 재미있는 일인걸!"

관리 소장은 안경을 코끝까지 깊숙이 내리더니 편지를 계속해서 읽었다. 이 편지는 피의자인 방랑자와 함께 전달된 것이었다.

"…… 이 피의자는 팬티를 가지고 공무원 전체는 물론, 특히 우리 도시에 있는 무명 용사들의 추모비를 공개적으로 웃음거리가 되게 만들었습니다. 야, 이건 나로서는 도저히 못할 일인데!"

관리 소장이 숨을 몰아쉬었다. 그러더니 "양해해 주겠소?"라는 말과 함께 자신의 바지 맨 위 단추를 풀고는, 눈물이 날 정도로 웃어 댔다.

"대단하네, 이 친구, 아주 대단해! 평등의 도시의 좁아 터진 속물들 같으니! 자, 내 옆에 앉으시게. 그리고 담배나 하나 피우시게나, 친구! 그래, 그런 멍청이들을 상대로 어떤 일을 했는지 얘기 좀 해 보게!"

늙은 방랑자는 관리 소장과 한자리에 앉아 있는 게 영 불편했다. 그래서 그의 제의를 받아들이고 싶지 않았다.

"다음에 말씀드리도록 하겠습니다, 나리! 이 늙은 놈을 용서해 주십시오. 이놈은 그저 그런 일이 있은 후 오로지 감옥의 침대만을 기다려 왔기에……."

"아니, 감옥이라고? 그런 게 어디 있단 말인가?"

관리 소장이 거짓으로 화난 척하며 소리를 질렀다.

"우리 농담의 도시(슈파스로흐 Spaβloch)에는 감옥이라고는 없네. 기껏해야 농담 따먹기 식당이 있을 뿐이지, 에헤헤……."

방랑자는 관리 소장의 위트 있는 농담이 너무나 마음에 들었다. 터져 나오는 웃음을 도저히 참을 수 없을 정도였다. 이런 방랑자의 모습이 관리 소장을 매우 기분 좋게 만들었다.

"이제 그럼 푹 주무시게, 익살쟁이 양반. 그러고 나서 적당한 벌을 내릴 테니!"

그러더니 신나게 손을 들어 테이블에 붙어 있는 벨을 힘껏 내리쳤다. 그러자 문이 열리고 기다리고 있던 젊은 하녀가 분부를 물었다.

"핑크 스위트룸으로 모시게. 그리고 메뉴에 있는 대로 대령하고!"

관리 소장은 지시하면서 왼손으로 샴페인 잔을 들었다. 그리고 방의 다른 구석을 쳐다보면서 오른손으로는 방랑자와 시종들에게 밖으로 나가라고 손짓했다.

방랑자는 침대 요의 솜털이 너무나 부드러워서 좀처럼 잠을 이룰 수가 없었다. 결국 방랑자는 자리에서 일어나 양초에 불을 붙인 다음, 이불로 침대 옆 양탄자 위에다 좀 더 나은 잠자리를 만들었다.

"주인님!"

자루 속에서 소리가 들렸다.

"주인님도 불편하세요?"

늙은 방랑자는 터져 나오려는 웃음을 참았다. 그리고 재빨리 품속에 있는 자루에서 조그마한 친구 딱정벌레를 꺼내 촛대 부근에다 조심스럽게 놓았다.

"그래, 도저히 쉴 수가 없구나. 우리가 대체 어디까지 오게 된 거니?"

그러자 딱정벌레가 말했다.

"우린 지금 농담의 도시에 있어요. 제 생각이 틀리지 않다면, 여기는 불행한 나라의 '즐거운 곳'에 해당되는 곳이죠."

"그렇다면 우리가 그 잘못된 장소에서 장난을 쳤던 것에 대한 마땅한 벌도 있단 말이지?"

방랑자는 한숨만 내쉬었다.

"그럼요, 주인님. 여기 불행한 나라에는 모든 것에 질서가 있거든요."

딱정벌레가 방랑자의 말에 동의했다.

"노동의 도시에서는 무조건 부지런히 일을 해야 하고, 평등의 도시에서는 무조건 지시대로 따라야 하고, 여기 농담의 도시에서는 무조건 남을 웃겨야 해요. 일은 일이고, 농담은 농담이에요. 노동의 도시와 평등의 도시에서는 그 누구도 농담을 해서는 안 돼요. 그러지 않으면 그 즉시 파면되고 정신 이상자로 낙인찍히게 되죠. 그러니까 유머를 발휘할 수 있는 곳은 오로지 한 곳, 농담의 도시밖에 없어요.

또한 여기 농담의 도시에는 유머에 관한 전문가들이 있는데, 관리 소장이 바로 그런 사람이랍니다. 주인님, 노동의 도시에서는 진지하고도 태연한 모습으로 무조건 일만 해야 해요. 그리고 평등의 도시에서는 결코 어떤 상황에서도 서투른 짓을 해서는 안 된답니다. 그런데 농담의 도시에서는 완전히 상황이 달라요. 여기서는 이리저리 뛰어다니면서 다른 사람들을 웃겨야만 해요. 필요에 따라서는 죽기 살기 식의 용기도 발휘하셔야 한답니다. 물론 다른 모든 사람들은 정상적인 상태로 있고요. 만약 웃기시지 못하면 혼이 나실 건 뻔한 일이죠!"

방랑자는 딱정벌레의 말이 끝나자마자, 머리를 가슴팍으로 뚝 떨어뜨렸다.

"나의 문제는 어딘가 이상한 구석이 있는 곳에서만 웃길 수 있다는 거야. 정상적인 곳에서는 돌처럼 뻣뻣해져 버리니…… 슬프군."

"주인님은 강제로는 못 웃기시죠?"

딱정벌레가 물었다.

"응. 그렇게는 못 하지!"

방랑자가 대답했다.

"조금도 안 되시겠어요?"

"응. 조금도!"

"그렇다면……?"

"떠나자꾸나, 우리!"

3/4박자의 춤곡

"쇠의 도시(아이젠슈톡 Eisenstock)에서는 과연 어떤 일이 우릴 기다리고 있을까?"

방랑자는 저 멀리 도시의 첫 번째 집이 보이자 한숨을 내쉬었다.

"도시 이름이 어째 별로 희망적이지가 않네요."

딱정벌레가 방랑자의 말에 동의했다.

"이왕이면 피와 살로 만들어진 사람을 만나고 싶은데. 쇠로 된 사람들이라니 어째 차갑고 딱딱한 느낌이 들어요."

"뼈도 있다는 걸 잊지 마, 친구야."

방랑자가 말했다.

"피와 살만으로 이루어진 사람에겐 예컨대 척추가 없잖아. 내가 존경하는 사람이 어떤 사람인지 아니? 똑바로 서서 걸어 다니고, 따뜻한 마음을 지닌 사람이야.

사람의 인간성은
천성적이며,
동시에 다정다감하고 강인해지려는 데 있다네.
정말로 멋진 사람은
부드러움과 확고부동함을
스스로 조정할 줄 아는 자라네.

그리고 또한 강건함과 세심함을 올바르게 지니고 있어야 해. 이제껏 살아오면서 난 그저 마음은, 심지어 영혼은 차가우면서 반대로 척추나 머리는 나약한 사람들만 만나 왔어. 어쩌면 여기 쇠의 도시에서 제대로 된 사람들을 만날지 몰라. 여러 특성들이 잘못 결합된 인간들만 아니면 좋겠는데……."

"무슨 소리 안 들리세요?"

딱정벌레가 방랑자의 말을 끊으며 나섰다.

방랑자는 제자리에 서서 숨을 멈추고 귀를 쫑긋 세웠다.

"이건 음악 소리잖아!"

그러고는 소리쳤다.

"쇠의 도시에서 들려오는 음악 소리야. 불행한 나라에 음악이라니! 기대나 했었어, 친구야?"

"그럼, 이걸 좋은 징조로 여겨 볼까요!"

딱정벌레가 말하면서 자루 속으로 기어 들어갔다.

그러나 방랑자는 도시에 더 가까워졌을 때 그 음악 소리가 너무나 시끄럽고 그저 쿵쾅거리는 소리만 계속해서 반복 연주되고 있다는 사실을 알게 되었다. 그리고 집집마다 스피커가 설치되어 있으며, 그 스피커를 통해 쿵짝쿵짝거리는 북소리와 함께 양철 깨지는 소리가 뒤섞인 행진곡이 계속해서 울려 퍼지고 있다는 사실도 알게 되었다.

연주되고 있는 음악은 다음과 같았다.

콘스탄틴 베커

그리고 연주가 한 번 끝나면 곧바로 다시 처음부터 연주되었다. 밤낮없이 그렇게 계속 울렸을까?

사람들이 보통 걷는 것처럼 걷는 사람이 하나도 없는 걸로 봐서 다들 음악을 좋아하는 것 같았다. 모두들 행진곡의 박자에 맞춰 움직였다. 학교에 가는 아이들은 삼삼오오 줄을 맞춰 쿵쿵거리며 행진했고, 가정 주부들 역시 나름대로의 행진 수칙을 지니고 있었다. 다들 무거운 장바구니를 들고 행진하는 병사들처럼 나란히 짝을 지어 걸었다.

한동안 늙은 방랑자도 경쾌한 행진 리듬에 맞춰 왔다갔다 걸어 보면서 즐거워했다. 하지만 금방 지쳐 버렸고 귀도 몹시 아팠다. 좀 조용한 곳에 있고 싶다는 마음만 간절해졌다. 그러나 도시 전체를 통틀어 어디에도 조용한 구석이라곤 없을 것 같았다. 그 순간 교회가 눈에 띄었다. 그러자 방랑자가 중얼거렸다.

"저곳은 분명히 조용할 거야! 좀 쉬다가 가야지."

방랑자는 기쁜 마음으로 교회 계단을 올라갔다. 교회 문 앞에 메모지가 하나 붙어 있었는데, 거기에는 다음과 같은 십계명이 씌어 있었다.

자신에게 냉정하고, 다른 사람들에게는 의연하라. 부드럽고 상냥함은 무디게 하고 멍청하게 만들며, 순종하지 않게 만드나니.

●

행진곡 이외의 음악을 듣지 말라. 그러지 않으면 그릇된 행동을 범하게 되리니.

●

절대로 푸딩을 먹지 말라. 당근 역시 달콤하며, 마늘은 의지를 강하

게 단련시키나니.

●

부모님들을 호강시키려 들지 말라. 그러지 않으면 그들은 경망스럽게 될지니.

●

침대 바닥은 딱딱하게 하라. 부드러운 바닥은 성격을 망치게 되리니.

●

이를 악물고 고통을 참아라. 그러자면 도덕이 요구되지만 결과적으로는 생산량을 높이게 되리니.

●

차가운 물로 샤워하도록 하라. 따뜻한 물은 게으르게 만드나니.

●

절대 낮잠을 자지 말라. 낮은 일하기에 안성맞춤이나니.

●

키스를 삼가라. 그러지 않으면 감기와 충치를 얻게 되고 잇몸 출혈이 생기게 되리니.

●

모직 양말이나 보드라운 봉재 장난감, 그리고 길다란 팬티를 멀리하

라. 그것들로 인해 나라의 멸망을 초래하게 되리니.

  늙은 방랑자는 머리를 절레절레 흔들며 교회 문을 열었다. 하지만 조용할 거라던 그의 기대는 여지없이 무너지고 말았다. 아니, 완전히 정반대였다.
  오르간 연주자가 어떤 작품을 연주하고 있었는데, 교회 밖 스피커에서 흘러나오는 쿵쾅거리는 행진 리듬이 얇은 유리창을 뚫고 교회 안으로 흘러 들어와, 오르간 음관 소리와 뒤섞이는 바람에 도저히 듣고 있기가 힘들 정도였다.
  그렇지만 방랑자는 아랑곳하지 않고 계단을 통해 2층으로 올라갔다. 그곳에는 금속 테 안경을 쓴 버쩍 마른 노인이 무대

위에서 너무나도 열정적으로 오르간의 건반과 페달을 다루고 있었다. 방랑자는 그 노인 뒤로 가서 한동안 그 불협화음을 들었다. 물론 오르간을 연주하는 노인은 무대에 누가 왔다는 걸 전혀 눈치 채지 못했다.

마침내 방랑자는 연주하고 있는 노인의 어깨를 툭툭 쳤다. 노인이 깜짝 놀라 기겁하면서 건반에서 손을 떼었다.

"여기서 뭐 하시는 거죠?"

방랑자가 소리쳐 물었다.

그러자 노인은 그의 말을 이해할 수 없다는 듯 어깨를 으쓱했다. 그도 그럴 것이 솜으로 귀를 막고 있어서 아무 소리도 들을 수 없었던 것이다. 노인은 귀에서 솜뭉치를 빼내며 소리 질렀다.

"어떻게 나를 그리 놀라게 만들 수 있소? 그냥 심장이 멎는 줄 알았잖소."

"난 그저 당신이 여기서 뭘 하고 있는지 알고 싶었을 뿐이오."

이번에는 방랑자가 외쳤다.

"아, 음악을 연주하고 있잖소! 바흐의 유명한 라단조의 〈토카타와 푸가〉인데, 한 번도 들어 본 적 없소?"

"솔직히 말해서 한 번도 없소."

"아!"

노인이 신음하며 말했다.

"이게 바로 이 나라가 안고 있는 결점들 중의 하나요. 당신은 그저 그 행진곡만 들으려 할 텐데…… 그런데 혹시 당신 이방인이오?"

"그렇소. 난 이곳저곳을 떠돌아다니는 방랑자요. 이 도시에는 조용한 곳이라곤 없는데 대체 그 이유가 뭐요?"

그러자 오르간을 연주하던 노인은 혹시라도 듣는 사람이 있나 주위를 둘러본 뒤, 방랑자에게 자기 가까이 오라고 눈짓하더니 귀에다 대고 말했다.

"그렇지 않아요. 탑으로 올라갑시다!"

노인은 오르간 연주를 잠시 멈추고, 수많은 열쇠 꾸러미를 들더니 몸을 구부린 채 탑 계단을 살금살금 올라갔다. 그러고는 꼭대기에 다다르자 무겁고 낮은 문을 열고 들어가서 스위치를 눌러 불을 켰다. 그러더니 방랑자에게 올라오라고 조용히 말했다. 창문이 없는 작은 방이었다.

의자 두 개와 작은 책상 하나가 그 방의 유일한 가구였다.

천장을 포함하여 사방이 두꺼운 스펀지 매트로 덮여 있었다.

"아!"

노인은 안도의 한숨을 내쉬더니 몸을 쭉 폈다. 그 순간 그의 얼굴 표정이 너무나도 밝아 보였다.

"무슨 소리가 들립니까?"

"아무 소리도 안 들리는데요."

방랑자가 대답했다.

"이제야 됐소! 아무 소리도 안 들려, 그 어떤 소리도 말이오. 아, 조용하다. 기분 좋구려!"

방랑자는 자루를 풀어 오르간 연주 노인에게 빵을 주고, 치즈와 포도주도 나누어 주었다. 그러자 노인은 방랑자가 좋아졌다. 그래서 자기 이야기를 들려주고 불평도 털어놓았다.

"내 당신에게 말하는데, 쇠의 도시는 정말 지옥이오! 여기 사람들은 한결같이 질서를 잘 지키고, 책임 의식이 강하오. 하지만 정부에서는 늘 충분하지 않다고 느낀다오. 어느 날 그들은 악곡을 하나 만들었다오. 젖소가 모차르트 음악을 들으면 보다 질 좋은 우유를 생산하고, 임산부들이 비발디 음악을 들으면 보다 튼튼한 아이를 낳을 수 있다는 기사를 어디서 읽었나 보오.

그래서 이제 나도 모차르트와 비발디의 음악과 친숙해질 수 있겠거니 생각했었소. 하지만 학자라는 자들이 아주 극단적인 결정을 내려 버렸다오. 그들은 맨 먼저 4/4 박자를 도입하더니 다른 모든 박자들은, 특히 3/4 박자는 연주하지 못하도록 해 버렸지 뭐요

그 다음에는 여러 음악들을 합성하더니, 가장 민주적인 방법으로 음악학적으로 완벽한 행진곡을 만들어 내었소. 정말이지 완벽했다오. 국가 정책적으로 필요한 음악의 모든 효과들을 바로 그 한 작품 속에 융합해 놓았으니까. 이를 뒤따르지 못하는 다른 음악들은 그 이후 저절로 도태되어 버렸다오. 그러고 나서 정부는 마침내 각 학교에 이 곡을 연습하도록 명령했소. 모든 합창곡이나 교향악에 사용하기 위해서 말이오.

그러더니 결혼식 연주자나 장례식 악단, 심지어 우리들 오르간 연주자에게까지 이 곡을 강요하기에 이르렀소. 하지만 이걸로도 충분치 않았는지, 어느 날 그들은 쇠의 도시에 있는 모든 사람들과 동물들에게 계속적인 음향 효과로 이 음악을 들으면서 행진하도록 명령했소. 당신도 들어 봤던 그 음악 말이오."

"그래서 어떻게 되었소?"

방랑자는 궁금해졌다.

"그 덕분에 모든 게 잘 돌아가고 있소. 쇠의 도시의 우유 생산량은 세계 최고이고, 신생아들은 모두 토실토실하고 튼튼하오. 또한 젊은이들은 다들 고분고분하고, 사람들은 기계 바퀴처럼 잘 순응하면서 살아가고 있소."

"그렇다면 당신은 어떻소?"

방랑자가 노인에게 물었다.

"하하하."

노인은 한바탕 웃어젖히더니 대답했다.

"그자들이 내 생각은 바꾸지 못했지 뭐요! 난 빨치산(Partisan. 유격전을 수행하는 비정규군 요원의 별칭:역주)이거든. 언제나 귀에 솜을 틀어막고 있으며, 밤이면 몰래 거리로 빠져 나가 스피커의 선을 다 잘라 놓지. 그리고 4/4 박자의 곡을 연주할 때면, 셋잇단음표를 여러 번 집어넣기까지 하고 있소. 셋잇단음표란 이런 거요. 밤-밤-바-바-바-밤…… 하, 어떻소!"

"당신이 정말 마음에 드오, 연주자 선생!"

방랑자가 기뻐하며 말했다.

"우리 함께 일해 보는 게 어떻겠소? 보아하니 뭔가 소원을 가지고 있을 것 같은데 말이오. 내게 그 소원을 이루어 줄 좋은 방법이 있소. 그러니까 내가 가지고 있는 것은, 음……."

"당신, 대단하오. 정말 멋지오."

연주자 노인이 시계를 쳐다보면서 방랑자의 말을 가로막고 나섰다.

"거기에 대해선 나중에 얘기합시다. 지금 난 빨리 아래로 내려가 봐야겠소. 2분 있으면 미사가 시작되는데 아직 오르간 음 조절을 해 놓지 않아서 말이오."

그러자 방랑자가 물었다.

"여기 고요함 속에 좀 더 있어도 되겠소? 폐가 안 된다면 말이오. 조금 더 있다가 아래로 내려가고 싶소만."

"좋소, 그렇게 하시오! 그럼 나중에 봅시다!"

노인이 귀에다 솜을 꽉 틀어막고 서둘러 문 밖으로 나가면서 소리쳤다.

방랑자는 다리를 쭉 펴고 고요함이 전해 주는 선물을 만끽했다. 그러다가 불현듯 몸을 일으키더니, 소지품을 꾸린 다음 총총히 방을 빠져나왔다. 계단을 내려올 때 행진곡과 오르간 음관 소리가 뒤섞인 시끌벅적한 소리가 들려왔다. 방랑자가 오르간이 있는 무대에 도달했을 때는 이미 미사가 끝나고, 주임 신부와 복사(服事. 미사 때 신부의 시중을 드는 사람:역주)들이 밖으로 막 나가고 있었다.

　노인은 남아 있는 신도들 앞에서 멋지게 하이라이트를 장식하려는 중이었다. 건반에 손을 얹으면서 노인은 방랑자에게 눈을 찡긋했다. 첫 번째 화음이 울려 퍼졌다.

　"저음 나팔과 스피커의 혼합음을 함께!"

　노인은 오르간을 연주하며 방랑자 쪽을 향해 소리 질렀다.

　그러더니 자신이 원하는 음역(音域) 안에서 건반을 마음대로 옮겨 다녔다. 그러자 오르간이 진동하기 시작했다.

　"자, 이번엔 셋잇단음표요!"

　노인은 괴성을 지르며 한바탕 크게 웃더니 소리쳤다.

　"악보를 좀 넘겨 줘요!"

　그러자 방랑자가 얼른 악보의 다음 페이지를 넘겨 주었다. 그리고 노인이 얼굴이 벌게지도록 흥분하여 점점 더 거칠게 연주하고 있는 틈을 타서 딱정벌레를 악보대 위에다 올려놓았다.

　그 다음에 벌어진 일은 그야말로 쇠의 도시의 역사책 한 페이지를 장식하게 될 정도였다. 갑자기 〈아름답고 푸른 도나

우 강)이 4/4 박자 행진곡에 섞여 버렸다. 그리고 금지된 3/4 박자의 춤곡이 교회 안 예배석을 맴돌았다.

주임 신부가 손으로 눈을 가렸다. 복사들이 붉은 상의 자락 한쪽을 살짝 들어올린 채, 이리저리 몸을 흔들흔들하고 있었기 때문이었다. 교회 관리인은 기쁨에 가득 찬 표정으로 소화기를 품에 안고 있었으며, 쇠의 도시의 몇몇 저명 인사들은 옆에 앉은 여인의 허리를 잡더니 자리에서 뛰쳐나와 즐겁게 춤을 추었다.

벌써 교회 바깥도 왁자지껄 난리가 나 있었다. 스피커를 타고 경쾌한 타란텔라(이탈리아 나폴리의 민속 무곡과 그 무용:역주)가 민요풍으로 연주되었다. 그것도 3/4 박자가 아닌 3/8 박자로!

그런데 모두들 제대로 들었을까? 양철이 혼합된 색소폰 소리를? 과연 그러했다. 색소폰의 울림이 요란스러워지면서 도로가 마구 떨리기 시작했다. 가정 주부들은 장바구니를 옆으로 집어던지고 즐겁게 엉덩이를 마구 흔들어 댔다. 과일 장수는 토마토들 위에 능숙하게 균형을 잡고 서 있었다. 젖소들까지도 우유를 짤 때와 같은 박자의 음악이 나오자 미친 듯이 울어 댔다. 한편, 주임 신부는 여전히 손으로 얼굴을 가린 채 교회 입구에 서 있었다. 하지만 그의 발은 박자에 맞춰 움직이고 있었다.

음 모

"이제 우리는 행복하게도 세 번째로 감옥에 들어왔구나."

늙은 방랑자가 말했다. 그러면서 약간은 주눅 든 표정으로 소원 해결사 딱정벌레를 바라보았다.

"어째서 우리가 가는 곳마다 우릴 추적하고 감금하다 못 해 결국엔 추방시킬까! 이번에는 노동의 도시나 농담의 도시에서처럼 무사히 나갈 수 있을 것 같지 않은데 어떡하지."

"주인님 말씀은, 저네들이 우리에게 모든 책임을 뒤집어씌

우려 한다는 건가요?"

"선량한 딱정벌레의 목숨에 지장이 있을 것 같지는 않아. 하지만 낯선 땅에서 흘러 들어와 제멋대로 이 불행한 나라의 모든 법 조항들을 깨뜨려 해를 끼친 이 늙은이의 상황은 그리 좋아 보이진 않는군."

"우리에게 무슨 일이 있더라도 사기의 도시(루크-안-데어-트루크 Lug-an-der-Trug)를 방문하려는 계획을 중단하라고 경고한 그 늙은 오르간 연주자의 말을 귀담아들었어야 했는데 그랬어요."

"네 말이 맞아."

방랑자도 그 말에 동의했다.

"누구나 자신의 행복을 결코 요구해서는 안 돼. 용기는 미덕일 뿐만 아니라 현명함과도 통하는 건데!"

"진짜, 도중에 우리에게 붙은 두 명의 친절한 신사 양반들이 스파이일 줄 누가 생각이나 했겠어요."

"그들이 내게 극구 권해서 들어갔던 그 환대 장소가 경찰서장의 관저일 줄은 누가 알았겠으며, 나를 그렇게 진심으로 맞이해 주던 그 사람들이 수갑을 준비하고 있을 줄은 또 누가 알았겠니? 우린 속아 넘어갔던 거야."

"주인님, 지금이야말로 소원을 빌 절호의 찬스예요!"

"아아."

방랑자는 한숨 지으며 말했다.

"늙고, 살 날도 얼마 남지 않은 내가 지금 기적이라는 걸 바라도 될까? 이 즉시 감옥 창살들이 구부러지고, 감옥의 모든 담들이 갈라져 와르르 무너지기를 빌어도 된다는 거야?"

"그런 자질구레한 것들은 운명에 따라 흘러가는 대로 그냥 편하게 맡겨 놓으세요. 아무 염려 마시고 대신 생각하고 계신 것들을 빌어 보세요!"

"그런데 뭘 빈다지?"

늙은 방랑자는 혼자 중얼거렸다.

"주인님은 정말, 제가 일찍이 만났던 믿음이 없는 사람들 중에서도 가장 심하신 분이군요."

딱정벌레가 한숨을 내쉬었다.

"알았어, 할게!"

방랑자가 용기를 내어 자신의 손바닥을 펼쳤다.

"나를 잘 봐! 삶의 흔적이 배어 있는 이 살가죽과 뼈마디를 보라고! 난 젊지도 않고 잘생기지도 않았어. 게다가 똑똑하지도 못해. 나라는 사람의 가치가 도대체 뭐지? 솔직히 말해서

난 그저 음악이나, 장미꽃 그리고 일몰에나 관심 있지, 내 자신에 대해선 별로 관심 없어."

"주인님, 절반만 옳은 말씀을 하셨어요. 그러니까 나머지 절반은 거짓이라는 거죠. 말씀하신 대로 주인님은 사실 늙고 못생겼어요. 그리고 솔직히 말해, 주인님은 냄새도 잘 맡지 못하시죠. 하지만 그건 주인님이 가지고 계신 진실의 절반밖에 되지 않아요. 다른 절반이 뭐냐 하면요, 주인님은 귀한 분이라는 거예요. 그럴 만한 이유가 확실히 있으니까요. 그렇기 때문에 주인님은 자기 자신을 하찮게 여기셔도 안 되고, 또한 자신을 업신여기거나 심지어 포기하는 불상사를 범하셔도 안 돼요. 그 이유는 제 입으로 굳이 말씀드리지 않아도 아시겠지요?"

"야, 이거 정말 긴장되는데!"

"누군가가 주인님을 애타게 기다리고 있잖아요. 양치기 소녀 생각 안 나세요? 그녀와 약속했던 것들을 정말 잊어버리신 건가요?"

"아하, 그렇구나."

방랑자가 더듬거리며 말했다.

"이 책의 주인인 그 소녀! 야, 정말 까마득하게 잊어버리고 있었네."

사랑할 만한 가치가 있는
모든 것들은
하나같이 귀한 것이라네.

주인님은 귀한 분이시란 말이에요. 그런데 어떻게 그걸 잊어버리실 수 있다는 거죠?"

딱정벌레가 따지듯이 말했다.

"주인님이 일생 동안 세상을 돌아다녔던 거나, 훌륭한 건축물이나 정교한 생명체, 위대한 사상에 주의를 기울이는 법을 배웠던 건 어떻게 가능했겠어요? 그렇다면 세상 모든 일을 받아들이는 영혼이나, 모든 것을 볼 수 있게 하는 눈이나, 모든 이를 사랑할 수 있게 하는 마음을 설마 업신여긴단 말씀인가요? 주인님 자신이 바로 그런 훌륭한 건축물이자 정교한 생명체이자 위대한 사상인데도 말이에요!"

"늙어 빠진 내가 말이야?"

"그래요. 사랑하는 사람의 눈에는 주인님이 잘생기고 특별한 사람으로 보이거든요. 주인님은 독보적인 존재라고요. 주인님 스스로가 보았던 것이며 경험한 것, 그리고 참아 내었던 것에 대한 산 증인이시니까요. 주인님은 이 세상에 두 번 사는 게 아니잖아요. 가령 그런 사실을 알고 있고, 또 주인님의 눈과 영혼과 마음 때문에 주인님을 사랑하는 사람이 있다 쳐요. 그 사람은 주인님이 죽지 않기를 원해요."

"하지만 나도 죽는걸! 난 살 날도 얼마 남지 않았어. 그러다가 느닷없이 내가 이 세상에 존재하지 않게 되는 날이 올 거고, 어느 이름 모를 도로변에 묻힐지도 모르지. 그러면 아무도 내 이름을 기억하지 못하게 될 거야. 그리고 또 언젠가 사랑했고, 울었으며, 환호했고, 모든 걸 참아 내었던 이 사람이 한때 존재했었다는 사실조차 알지 못하게 되겠지."

"아, 주인님."

딱정벌레는 한숨을 내쉬며 말했다.

"저를 믿어 보세요.

만약 사랑이 있다면,

그것이 세상에서 가장 기억력이 좋을 것이네.

주인님은 사랑이 있다고 생각하지 않으세요? 그리고 바로 이 사랑이 우리가 존재하는 궁극적인 이유라고 생각하지 않으세요?"

"나도 그렇게 믿고 싶어, 딱정벌레야. 정말로 그렇게 믿고 싶다고."

"그럼 그렇게 하시면 되잖아요!"

"하지만 너무 어려워서 말이야!"

"아니오, 그렇게 어렵지 않아요! 어쩌면 세상에서 가장 쉬운 것일지도 몰라요. 어깨에 짊어진 걱정이라는 무거운 짐을 확 던져 버리고, 어린아이일 적에 믿었던 것처럼 그렇게 믿는 것만큼 더 간단한 방법도 세상에 없을 거예요. 오히려 일생 동안 줄곧 의심이나 우울한 생각에 사로잡혀 있거나, 또는 자신을 불쌍히 여기거나 업신여기는 그런 행동들이, 어린아이가 그러하듯 세상을 매일 새롭게 바라보는 것보다 훨씬 더 어려운 거랍니다."

"그러니까 네 말은, 지금의 나보다 어릴 때의 내가 세상을 더 똑바로 봤었다는 얘기냐?"

엄마의 품에 안겨 있는
아이야말로

더할 나위 없이 현명하다네.

아이는 세상의 모든 지혜와 인식 능력을 지니고 있어요. 사람들은 자신들이 세월과 함께 점점 늙어 가고 있으며, 자신들이 다니는 학교와 읽고 있는 책을 통해 점점 현명해져 가고 있다고 생각하죠. 하지만 그건 착각이에요. 그들이 배운 것은 모두 잊혀지거든요. 오히려 그들이 쌓아 가는 지식으로 인해 지혜의 샘은 점점 구멍이 메워져 버리지요. 그래서 첫 번째 인식의 물은 점점 줄어들다가 마침내는 완전히 고갈되고 말지요."

"첫 번째 인식의 물을 다시 흐르게 할 수도 있나?"

"그럼요."

소원 해결사 딱정벌레가 대답했다.

"네. 가능하고말고요. 누구나 각자 그 물을 가지고 있답니다. 울 수 있지만 울지 않는, 그건 바로 눈물이에요."

그러자 방랑자는 고개를 떨구더니 골똘히 생각에 잠겼다.

"그렇다면 나 같은 노인도 아직 울 수 있다고 생각해? 정말로 그렇게 생각해?"

"어쩌면……."

딱정벌레가 생각하더니 말했다.

"지금이 바로 주인님께서 소원을 빌어야 할 시간 같군요."

둘 사이에는 매우 깊은 적막이 흘렀다.

"자, 저를 주인님의 늙고 쇠약해졌지만 사랑스러운 손으로 집어 손바닥에 올려 주세요. 그러고는 눈을 감고 따뜻한 마음을 불어넣어 주세요! 그 다음에 어떤 일이 벌어질지는 곧 알게 되실 테니까……."

삼가 전하께 올리옵니다!

이 서한에 서명을 한, 전하의 충실한 공복들인 슈나벨만(Schnabbelmann), 마우케(Mauke) 그리고 볼러코프(Bollerkopp)는 존경하옵는 전하께 매우 중대한 소식—분명 모든 이 나라 사려 깊은 백성들에게 심각한 근심거리를 초래하기에 충분하다고 여겨지는 소식을 황급히 올리옵니다.

여행자 하나가 사기의 도시의 삼엄한 감시망에 잡혔사옵니다. 온갖 눈속임수를 써서, 특히 요상한 딱정벌레를 가지고—기반까지 흔들 정

도는 아니더라도―너무나도 행
복한 우리 나라의 체제를
와해시키려 했던 바로 그
인간이옵니다. 전하의 용감한 위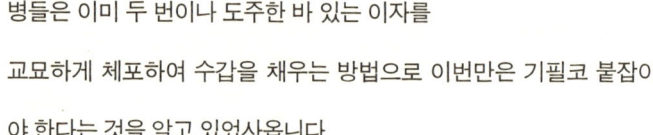
병들은 이미 두 번이나 도주한 바 있는 이자를
교묘하게 체포하여 수갑을 채우는 방법으로 이번만은 기필코 붙잡아
야 한다는 것을 알고 있었사옵니다.

    피의자의 신변 보호를 위해 증거물의 일부는 음모의 도시에 있는 증
거물 보관소로 보냈고, 다음과 같은 증거물들은 보다 안전한 보관소에
보냈사옵니다. 1 낡은 황마 자루, 2 절반 정도 남은 마른 빵 조각, 3 여
러 방향에서 깨문 흔적이 있는 딱딱한 치즈, 4 얼마 남지 않은 포도주
를 담아 놓은 가죽 부대, 5 딱정벌레―죄를 자백한 피의자의 말에 의하
면 그 딱정벌레에는 나름대로의 특별한 사정이 있다고 하옵니다. (잇
따른 경찰 조사 이후, 이 딱정벌레는 장안에서 가장 안전한 장소인 왕
실의 은행 금고 안에 보관하기로 했사옵니다.)

    딱정벌레 사내의 비열한 범행 진술을 유도해 내기 위해 서명을 한
소인들이 직접 심문해 보았사옵니다. 그런데 이 인간이 얼마나 고집불

통이던지, 가느다란 대나무 회초리를 들고 매를 대겠다고 했을 때나, 이제껏 진실을 밝혀 내기 위해 자주 써먹었던 엄지손가락을 죄어 비트는 고문 기구를 들이댔을 때도, 사건에 관한 핵심적인 내용은 전혀 자백하지 않았사옵니다. 그저 언제나 행복하게 만들어 준다거나 소원을 이루어지게 해 준다는 말만을 뇌까렸으며, 형량이 가벼운 범행들에 대한 얘기들만 쏟아 내었사옵니다. 전하의 진솔한 법 집행자이자 공공 질서를 수호하려는 소인들의 생각으로는 이미 아뢴 바와 같이, 진실을 캐는 데 있어서 고단수의 방법을 사용하지 않고서는 피의자가 스파이라는, 더 정확하게 말해 낯선 권력의 대리인이라는 사실을 제대로 밝히기 힘들다고 보여지옵니다.

지금부터 소신들이 노동의 도시와 평등의 도시 그리고 쇠의 도시에서 발생했던 범죄들의 양상에 대해 전하의 심기를 흩트리지 않는 범위 내에서 조심스럽게 아뢰고자 하오니, 전하께서는 어떤 대책을 마련하심이 가할 줄로 사료되옵니다.

지금까지 주민들의 꿀벌 같은 근면성으로 유명했던 노동의 도시만 해도, 다들 기쁜 마음으로 일을 하는 대신 잡생각에 빠져 들어, 꽃들(!)에만 정신이 팔려 있사옵니다. 그곳 감옥은 일하기 싫어하는 자들을 교화시키기에 최상의 장소였는데 이젠 텅 비어 버렸으며, 이전 같으면 경찰력을 동원해서라도 모두 차단시켰던 게으름이 피의자인 딱정벌레 사내의 간계로 인해 온통 도시 전역으로 확산되어 버렸사옵니다.

그리고 왕국 내에서 질서 의식이 가장 모범적이었던 지역인 평등의 도시에서는 피의자와 또한 그와 함께 다니면서 이상한 일을 벌이는 딱정벌레의 농간으로 전체 관리들이 참을 수 없는 조롱을 당하게 되었사옵니다. 특히 공공 녹화 사업에 관련된 관리들의 경우가 더욱 그러하옵니다. 이것이 전부가 아니옵니다. 그들은 계속해서 무명 용사의 추모비에조차도 모욕을 주었사옵니다.

쇠의 도시에 자리잡고 있던 모든 의무감을 나약하게 만든 짓은 또 어떤 것인지 아십니까? 바로 이 피의자가 딱정벌레를 사용해서 맨 처음에는 교회 오르간의 악곡을, 그 다음에는 도시 전체의 박자와 춤을 모두 바꾸어 놓은 것이옵니다. 저 유명한 쇠의 도시의 젖소들이 짜 내는 우유 역시, 똑바로 가만히 서 있는 사람들이 별로 없다는 데서도 알 수 있듯이, 이젠 더 이상 믿을 수 없게 되었사옵니다. 어디를 둘러봐도 온통 불복종투성이옵니다! 나라 안에 반역이 일어난 것이옵니다! 그야말로 존경하옵는 전하의 귓전에 반드시 전해져야 할 만행 그 자체인 것이옵니다!

따라서 이 문제는 쉽게 잊어버리지 않도록 온 국민에게 경고하는 본보기로 삼아, 엄중하고도 최우선적으로 다루어져야 할 것이옵니다. 이에 소신들이 몇 가지를 제안하는 바이옵니다.

· 딱정벌레 사내를 음모의 도시로 이송할 것.
· 그곳에서 피의자를 즉각 가차 없이 사살할 것.
· 범행에 쓰인 증거물인 딱정벌레를 엄정하게 관리 · 감독하여 구중 궁궐 궁전에 실수 없이 전달할 것.
· 왕실 근위대의 군화로 딱정벌레를 공개적으로 밟아 죽일 것.

마지막으로 서명을 한 저희 세 사람이 전하께 삼가 아뢰올 말씀은, 부디 나라 전체를 혼란에 빠뜨린 이번 최악의 대역 모반 사건에 대해 빈틈없이 진상을 규명하시어, 전하의 너그러우신 자비심에 손상을 끼치는 일이 없었으면 하는 것이옵니다. 소인들은 오랫동안 영전이 이루어지지 않았사옵니다.

경찰서장　　　판사　　　교도소장

즉시 급사(急使)가 파견되었다. 그리고는 정말 일을 잘 처리했다는 흐뭇한 표정을 지으면서 경찰서장이 판사를, 판사가 교도소장을, 또 교도소장은 경찰서장을 서로 바라보았다.

세 사람은 왕궁으로부터 그 즉시 답신을 받았다. 몇 시간도 채 지나지 않아 헐레벌떡 사자(使者)들이 몰려 들어오더니 봉인된 왕의 전교를 전달해 주었다. 그때까지도 그들은 너무나도 즐거운 기분에 푹 빠져 있었다. 왕의 전교에는 다음과 같이 씌어 있었다.

그자를 내게 데려오라! 딱정벌레도 함께!

즉시, 오늘 안으로!

국왕 브루스트라우스 7세

눈 물

"허!" 하고 경찰서장 슈나벨만이 흥분하여 소리쳤다. 그러자 판사 마우케 역시 "하하하." 하고 웃으며 통통한 손바닥을 비벼 댔다.

"정의가 제 갈 길을 가고 있어요."

이번에는 사기의 도시 교도소장인 볼러코프가 말했다.

"하지만 그 전에 몇 가지 지시를 좀 해 두어야겠어요. 오늘 안으로 구중궁궐 궁전에 도달하려면 서두릅시다!"

얼마 지나지 않아 하부 관리들이 소집되었고, 전국 방방곡

곡에 깔려 있는 커다란 불안감을 곧장 해소시키라는 수많은 지시들이 하달되었다.

병사들 한 소대가 감방으로 몰려갔다. 그들은 낮잠을 자고 있던 방랑자를 깨우더니, 손목에 수갑을 채우고 꽁꽁 묶어서 왕궁으로 끌고 갔다. 다른 무리의 병사들은 중앙 은행으로 가서, 최고의 위치에 있는 국왕이 원하는 딱정벌레를 운반해 가기 위해 묵직한 쇠로 된 금고 문을 열었다.

쇠의 도시로부터 왕궁 군악대가 연주를 하면서 빠른 걸음으로 행진해 왔다. 국가 고위 관리들과 지방 유지들도 이 축하 행사에 기꺼이 참석했다. 으스스하게 보이는 국가 중요 인사들의 화려한 행렬이 곧장 출발했다. 앞머리에서는 군화 소리가 탁탁 들려왔으며, 쇠의 도시 군악대의 금관 악기 소리가 크게 울려 퍼졌다. 그 뒤로는 멋있게 제복을 차려입은 병사들이 뒤따랐다. 또한 사형을 집행할 최고 형리는 늙은 방랑자를 동여 맨 밧줄을 쥐고 그들 무리 속을 걸었다.

뚱뚱한 지방 유지들은 병사들의 빠른 발걸음에 맞추느라 끙끙거렸다. 그야말로 숨을 가쁘게 몰아쉬며, 병사들 뒤에서 열심히 총총걸음을 걸어 대느라 정신이 없었다. 그들 뒤로는 궁정 재산 관리인이자 은행장이 놀라움에 휩싸인 채 호위병들에 둘러싸여 걸어가고 있었다.

은행장은 높은 코를 가진 마른 체형의 인물로, 평소보다 훨씬 도도하게 굴었다. 자신의 자리 앞에는 붉은 우단으로 된 베개를 놓았는데, 거기에는 범행 증거물이 쉬고 있었다. 바로 딱정벌레였다.

석양이 그 위를 비추자 딱정벌레는 마치 보석처럼 반짝반짝 빛났다. 그러다가 해가 지고 달빛이 희미하게 행렬을 비추자, 딱정벌레는 쉼 없이 자기 스스로의 힘으로 약한 불빛을 번득이며 빛을 발했다.

슈나벨만과 마우케 그리고 볼러코프는 행렬의 맨 마지막에서 뒤따라오고 있었다. 그들은 아직까지도 국왕이 내린 명령에 대해 의아한 생각을 떨칠 수가 없었다.

"아무래도 이건……."

마우케가 말했다.

"전하께서 보통 사건을 처리하실 때 취하시는 방식이 아닌 것 같소."

"하지만 한번 생각해 봅시다."

그러자 볼러코프가 그를 훈계하듯 말했다.

"이번 사건이 얼마나 중요한 건지를."

"그렇지만 전하께서는 한 번도 그 누구를 어전에 불러들이신 적이 없잖소! 그분에 대해선 그저 집무실에 걸려 있는 초상화를 통해서 아는 게 전부인 우린데. 실제로 그분이 어떻게 생기셨는지 온 나라 안에서 아는 사람이라곤 아무도 없잖소."

"맞소!"

볼러코프가 이에 맞장구를 쳤다.

"이건 어쩌면 긴급 사태요. 그렇다면 우린 마땅히 그분을 도와드려야지요. 그러니 나라를 구하려는 우리 같은 사람들에게 힘을 실어 주고, 이같이 알현을 허락하신 건 백 번 지당하다고 봐야지요!"

"그럼 이걸 우리에게 주어진 특권이자 명예로 생각합시다!"

슈나벨만이 자랑스럽게 말했다.

"그럽시다!"

다른 두 사람은 고개를 끄떡이며 서로 가벼운 목례를 나누었다.

행렬이 어디를 가든, 길거리에 있는 사람들은 손뼉을 치며 연호했다. 도대체 무엇 때문일까? 병사들과 관리들은 이를 자신들의 지배력에 대한 갈채라고 생각하여 보다 과장되게 더욱더 무관심하고 단호한 표정을 지어 보였다. 다만 늙은 방랑자만이 미소를 띠고 있었고, 딱정벌레는 더욱 밝게 반짝이고 있었다.

자정이 약간 못 되어 횃불을 든 행렬은 구중궁궐(지벤볼켄 Sieben-wolken) 궁성에 다다르게 되었다. 성문이 열리고 북소리가 궁정에 울려 퍼졌다.

"옆으로 비켜라, 멍청이들아!"

볼러코프가 서둘러 행렬 앞쪽으로 밀치고 나가면서 소리쳤다. 그는 자신을 비롯하여 마우케와 슈나벨만이 국왕이 거처하는 대전으로 들어가는 것을 막고 있는 위병들 앞에서 국왕의 전교를 휘둘러 댔다.

"당장 썩 물러서거라! 전하께서 이 나라에서 가장 정직한 우리들을 즉각 지체 없이 만나 보시겠다는 부름을 내리셨다."

눈물 105

그러자 위병 대장이 아주 태연자약하게 수염을 잡아당기면서 세 사람을 아래위로 훑어보았다. 그러고는 유유히 단안경(單眼鏡. 한쪽 눈에만 끼는 안경:역주)을 코에 걸치고는 국왕의 전교를 건네받아 손에 들었다.

"바보 같은 것들! 국왕 전하께서 너희들을 만나 보시겠다는 말이 대체 어디에 적혀 있다는 거냐? 더는 한 발자국도 움직이지 마라! 그냥 여기 이 밖에 머물러 있어!"

슈나벨만과 마우케 그리고 볼러코프 세 사람은 그저 입을 딱 벌린 채 서로의 얼굴을 쳐다보았다. 위병 대장이 이들 머리 뒤 저쪽을 응시했다.

"그런데 너희들이 데리고 온 사람은 어디에 있나? 이상한 벌레는 또 어디에 있고?"

순식간에 모든 일이 이루어졌다.

"아, 여기 있군!"

위병 대장이 소리쳤다.

"아니…… 이게 무슨 꼴이야? 손에 채워진 수갑을 조심해서 풀어라! 그리고 이 사람에게 딱정벌레를 돌려줘! 빨리, 빨리! 국왕 전하께서 오랜 시간을 기다리고 계신단 말이다."

위병 대장은 늙은 방랑자에게 정중하게 가벼운 목례를 하고, 오른손으로 친절하게 왕궁 문을 가리키며 말했다.

"국왕 전하께서는 당신을 무척 만나고 싶어하십니다."

"그분은 어떤 분이시죠?"

늙은 방랑자가 끝없이 길게 난 회랑을 따라 국왕이 거처하는 정자로 난 수많은 계단을 지나며 물었다.

그러자 위병 대장은 이것저것 이야기하면서 웃음 짓더니 어깨를 으쓱했다.

"솔직히 말씀드리면, 우리가 수년 동안 여기 구중궁궐 궁전에서 소임을 다하고 있지만, 실제로 그분을 알지는 못합니다. 일반 백성들은 그분을 뵌 적이 없어요. 우리들 역시 직접 대면을 한 적이 없고 말이죠. 그저 내려오는 엄격한 명령만 듣고 있을 뿐입니다. 물론 이번에 당신을 맞이함에 있어서도 최대한의 예의를 갖춰 공손하게 모시라는 명령을 내리셨지요."

"위병 대장 나리, 그렇다면 국왕 전하를 처음으로 직접 알현하는 사람이 바로 저라는 말씀입니까?"

"그럴 수도 있소, 노인장. 이 문 뒤에 당신을 기다리고 있는 게 뭔지 난 모르오. 아니, 아무도 모르오. 정말이지 당신에게 주어진 영광이라고 생각하시오! 그리고 반드시 공손하고 겸손하게 행동하시오! 국왕 전하께서는 불손한 인간을 싫어하시오. 불손하게 행동하면 그 즉시 목이 달아나게 될 것이오. 자, 여기 이 문을 지나서 걸어가시오. 저기 뒤쪽에 알현실이 있소. 이제부터는 당신 혼자 가야 하오."

위병 대장은 다시 한 번 고개 숙여 목례하고는, 늙은 방랑자를 혼자 남겨 놓고 나가 버렸다.

방랑자는 잠시 목을 만지고 나더니, 소원 해결사 딱정벌레를 자신의 손바닥 위에 올려놓고 따뜻한 입김을 불어넣으며 말했다.

"꼬마 친구, 드디어 우리가 불행한 나라의 심장부에 들어왔구나. 내 마음이 어떤지 알겠지?"

딱정벌레는 벽에 반사되는 촛불의 은은한 불빛 속에서 반짝거렸다. 방랑자는 깊은 한숨을 내쉬고 나더니 웃으면서 알현실의 문을 열었다.

문이 열리자 빛나는 조명 아래 반들반들한 대리석 바닥, 황금 기둥이 세워져 있고 값비싼 벽지로 도배된, 그야말로 화려하게 치장된 널찍한 방이 눈앞에 펼쳐졌다. 방 끝에는 불행한 나라의 신성한 문장(紋章)이 있었고, 그 아래 높은 계단 위에는 황금으로 만든 팔걸이에 우아한 붉은색 우단으로 둘러싸여 있는 거대한 옥좌가 놓여 있었다. 옥좌에서부터 붉은색 카페트가 기다랗게 바닥까지 이어져 있었다. 그리고 촛불이 말없이 타고 있었다.

  국왕은 보이지 않았다. 방랑자는 방 입구에 우두커니 서서 무슨 일이 일어나기만을 기다렸다. 하지만 아무 일도 일어나지 않았다. 방랑자는 계속해서 기다리고 또 기다렸다. 그래도 아무 일이 일어나지 않자 마침내 헛기침을 했다.

  "응. 좀 더 가까이 오라!"

어떤 목소리가 끙끙거리며 말했다.

방랑자는 깜짝 놀랐다. 어디서 들리는 소리지?

"거기 누가 계시는 겁니까?"

마침내 용기를 내어 방랑자가 물어보았다.

"국왕이니라!"

목소리가 방랑자에게 대답했다.

"소인이 어디로 가야 하옵니까?"

방랑자가 물었다.

"물론 옥좌 앞이지, 어서 오라!"

목소리가 명령했다. 방랑자는 화려하게 불을 밝힌 홀을 천천히 걸어서 옥좌 앞에 섰다.

"여기 대령했사옵니다, 전하."

방랑자가 말했다.

"잘 왔도다!"

옥좌 뒤에서 끙끙거리는 목소리가 들려왔다.

"너에게 가져오라고 했던 소원 해결사 딱정벌레는 가지고 왔느냐?"

"소인 손에 있사옵니다."

"한번 보자꾸나."

국왕이 말했다.

"그렇다면 제게로 오시옵소서."

늙은 방랑자가 국왕에게 요청했다.

"그건…… 그건…… 에, 곤란하겠다."

옥좌 뒤에서 약간 겁먹은 듯한 목소리가 들려왔다.

"어째서 곤란하다는 말씀이옵니까, 전하?"

방랑자가 궁금해서 묻자 국왕은 헛기침을 해 댔다. 늙은 방랑자는 국왕이 매우 말하기 힘들어 한다는 것을 짐작할 수 있었다.

"네가……."

국왕이 마침내 말했다.

"나에 대한 존경심을 저버릴 수도 있을 텐데."

"통촉하여 주시옵소서, 전하. 소인은 늙고 이미 많은 것을 보아 왔사옵니다. 그리고 누구를 업신여기지도 않사옵니다."

방랑자가 말했다.

"설령 비정상적인 국왕 전하를 뵙게 되더라도 그런 일은 없을 것이옵니다."

"정말이더냐?"

국왕이 옥좌 뒤에서 소리쳤다. 그러고는 발그레해진 얼굴로, 약간 비스듬히 기울어진, 방석 높이 만한 왕관을 쓴 채 옥좌 옆으로 빠끔히 내다보았다.

"이리 오시옵소서, 전하!"

방랑자가 웃으며 말했다.

"오셔서 보시옵소서. 이것이 소원 해결사 딱정벌레이옵니다!"

방랑자는 손을 펴서 움직여 딱정벌레가 번득이게 했다.

"그러니까, 에…… 내가 그쪽으로 가더라도 정말 웃지 않을 거지?"

국왕이 불안한 듯 다시 물었다.

"절대로 웃지 않겠사옵니다."

늙은 방랑자는 머리를 저으며 대답했다.

"소인은 사람들에 대해 자주 웃습니다. 하지만 대부분은 저 자신이나, 다른 멍청한 사람들에 대해서만 웃지요. 소인이 국왕 전하에 대해 전해 들었던 대로, 전하께서는 절대로 아둔한 분이 아니시라고 여겨지옵니다. 기껏해야 약간 불행하신 것 같사옵니다만."

"네가 만일 웃는 날에는 내 손에 죽을 줄 알라!"

국왕이 소리쳤다.

"좋아, 그럼 됐다! 나가도록 하마!"

국왕은 왕관을 똑바로 고쳐 쓰고 옥좌 뒤에서 펑퍼짐한 모습으로 걸어 나왔다. 그는 다름 아닌 난쟁이였다. 그것도 걸치고 있는 흰 담비 모피 아래로 분명히 표시가 나는 곱사등이 난쟁이였다.

"자, 나를 어떻게 생각하느냐?"

키 작은 국왕이 슬픈 표정으로 소리쳤다.

"극히 정상이옵니다."

방랑자가 대답했다.

"극히 정상이라고?"

국왕이 반문했다.

"그러니까 작지도 않고, 못생기지도 않고, 또 등도 굽지 않았다는 말이냐? 진실을 말하라!"

"누가 키가 작든 크든, 말랐든 뚱뚱하든 그리고 부유하든 가난하든, 소인에겐 별 대수롭지 않은 일이옵니다. 오히려 지겹사옵니다. 대부분의 사람들은 우선 위대한 칭호와 그럴싸한 간판을 보옵니다. 심지어 그 사람의 돈지갑을 살피는 사람들도 있사옵죠. 하지만 소인은 그 사람의 마음속을 보옵니다.

사람의 마음은 하나의 대륙,

물론 지도에는 나오지 않는다네.

사람의 마음을 감동시키시오,

그리 하면 새로운 세계를 발견하게 될지니!

키가 작은 사람들이 매우 위대할 수 있고, 못생긴 사람들이 비길 바 없이 아름다울 수 있으며, 거지처럼 가난한 사람들도 완전히 부자처럼 될 수도 있사옵니다. 또한 그 반대가 될 수도 있사옵죠."

"그럼 나한테선 뭘 보았느냐? 에…… 이 경우에도 마음속을 보았다고 할 테냐? 날 속일 생각일랑은 마라! 내 말에 아첨 떨 것 같으면, 난 금방 알아차리니까."

국왕이 소리쳤다.

"소인은 지금 굉장한 것들, 다시 말해서 다정다감하고 섬세하며 너무나도 위대한 마음을 보고 있사옵니다! 정말이지 이 나라 그 어떤 사람들보다 더 나은 꿈들과 더 깊숙한 소원거리와 더 커다란 걱정거리를 지니고 있는 한 사람을 보고 있사옵니다. 또한 밤이고 낮이고 계속해서 생각에 시달리느라 고통받는 한 가여운 수뇌(首腦)를 보고 있사옵니다……."

"또 있느냐?"

"소인은 지금 눈물 흘리지 않는 하나의 바다를 보고 있사오며, 사랑받고 싶어하는 마음을 보고 있사옵니다!"

"그걸 정녕 본단 말이더냐?"

"그러하옵니다. 소인은 지금 오직 한 사람을 위해 자신의 나라 절반을 양도하려고 하는 어떤 국왕을 보고 있사옵니다. 그분은 자신의 이름이 연호될 때면 따뜻한 마음을 지니려고 하옵니다."

"아직도 더 있더냐?"

국왕은 감격에 겨워 코를 킁킁거리면서 흥분한 어조로 물었다.

그러자 방랑자가 우물쭈물 망설이다가 말했다.

"정말로 알고 싶사옵니까?"

이렇게 반문하자 국왕이 대답했다.

"그럼, 물론이고말고!"

"더 깊숙이 마음속을 들여다볼라 치면, 유감스럽게도 앞이 전혀 보이지 않는 시커멓게 흐린 물, 바로 전하의 걱정거리가 보이옵니다. 그건 사람들이 전하를 존경하는 대신 업신여길지도 모른다는 걱정이옵니다. 이러한 걱정거리는 전하를 자칫 나쁜 분으로, 위험하게 그리고 병들게 만들 수 있사옵니다. 이러한 걱정 때문에 전하의 본래 모습을 바꾸어서는 안 되옵니다. 온 나라를 중독시키기 때문이옵니다.

다시 말해서, 걱정거리는 불신을 낳고, 불신은 법을 통해 안정되고, 법은 또 경찰을 필요로 하게 되옵니다. 그리고 경찰은 남을 감시하며 살아가게 되고, 감시는 망원경과 눈치 빠른 이웃을 요구하게 되고, 눈치 빠른 이웃은 약삭빠르게 자유를 통제하게 되옵니다. 이런 현상은 나라 안이 쥐 죽은 듯 조용해질 때까지 계속 반복되옵니다. 그렇게 되면 모든 자유로운 사람들은 질서라는 사슬에 묶이게 되고, 모든 생물들은 질식하게 되며, 기쁘더라도 그걸 표현할 수 없게 될 것이옵니다. 전하, 나라가 망해 가고 있사옵니다. 전하께서 빠져 계신, 바로 그 염려 때문에 말이옵니다!"

"뭐라고?"

키 작은 국왕이 화가 나서 어쩔 줄 몰라 하며 소리쳤다.

"나를 지금 나쁜 왕으로 생각한다는 거냐?"

"국왕으로서······."

늙은 방랑자가 고개를 끄떡였다.

"전하는 아주 형편없는 분이옵니다."

"여봐라! 게 누구 없느냐!"

브루스트라우스7세가 있는 힘껏 소리를 질렀다. 그렇게 소리를 지르다 보니 국왕의 이마에 핏줄이 불끈 불거져 올랐다.

"아아, 국왕 전하!"

방랑자가 한숨을 내쉬며 말했다.

"아무 대처할 힘도 없는 늙은이와 조그마한 딱정벌레와 그리고 약간의 진실에 대해서도 이젠 염려하시는 것이옵니까?

소인에게 좋은 생각이 있사옵니다. 우선 그 작은 걱정거리를 떨쳐 버리시고 그 다음에는 군사들을 물리십시오. 그러지 않으면 절대로 행복한 국왕이 되실 수 없을 것이옵니다."

이때 위병들이 알현실 문을 두드렸다. 국왕은 순간 어쩔 줄 몰라 했다.

"뭘 그리 주저하시옵니까, 전하? 어서 행하십시오! 아니면 소인을 체포하시옵소서."

늙은 방랑자가 아주 나지막한 소리로 말했다.

브루스트라우스 7세는 눈을 크게 뜨고 주먹을 쥐더니 부르르 떨었다. 그러고는 몸이 뻣뻣해지면서 한참을 미동도 않은 채 제자리에 서 있었다.

"물러가라! 당장! 썩 꺼져라고!"

갑자기 국왕은 주먹을 쥔 채 발을 동동 구르며, 뒤집어지는 목소리로 절규하듯 소리쳤다. 그러자 홀에 달려 있던 샹들리에에서 쨍그랑거리는 소리가 났다.

잠시 정적이 흘렀다. 위병의 군화 소리가 멀리 사라진 것 같았다. 이제 다시 두 사람만 남았다. 국왕은 쥐었던 주먹을 풀더니 털썩 주저앉아 버렸다.

순간 방랑자는, 국왕이 걸치고 있는 흰 담비 모피가 그의 어깨에 억지로 걸려 있다는 걸 알아차렸다. 국왕은 천천히 방랑자에게서 등을 돌리더니, 피곤한 모습으로 옥좌가 있는 계단을 올라갔다. 그리고는 발돋움을 해서 어렵사리 옥좌의 방석에 기어 올라가더니, 황금 팔걸이에 머리를 대고 울기 시작했다.

국왕은 마치 어린아이처럼 울었다. 모든 것이 터지고, 모든 영혼의 물들이 쏟아져 나왔다. 동시에 머리에 쓰고 있던 왕관이 흘러내려 바닥에 덜컥 소리를 내며 떨어졌다. 하지만 국왕은 그에 대해 전혀 신경 쓰지 않았다. 오랫동안 억눌러 왔던 눈물이 봇물처럼 터지느라 그의 작고 볼품없는 몸이 들썩거렸다.

늙은 방랑자가 계단 위로 올라가, 한 손을 국왕의 어깨에 살며시 올리고 다른 한 손으로는 국왕의 머리를 쓰다듬었다. 그렇지만 국왕은 거부하지 않았다. 행복과 기쁨이 한껏 고조된 데다, 고통 속에 지내 온 날들에 대한 회상의 눈물과 지금의 환희가 온통 범벅이 되었기 때문이었다.

방랑자는 강력한 국왕, 그러나 지금은 아주 천진난만해진 국왕 브루스트라우스 7세를 부축하여 침실로 데려가 베개 위에 눕혔다. 그러고는 딱정벌레를 베개 아래에다 놓고 다음과 같이 말했다.

"푹 주무시게 될 것이옵니다, 전하! 그리고 내일 아침이면 여기저기서 전하의 영혼을 따뜻하게 해 줄 일들이 생겨나게 될 것이옵니다."

불행한 나라의 국왕은 눈을 감더니 곧바로 깊은 잠에 빠져 들었다. 방랑자는 촛불을 끄고 시원한 밤 공기가 방 안으로 들어오도록 했다. 그러고 나서 장식 침대 앞에 놓여 있던 부드러운 카페트를 돌돌 만 다음, 키 작은 국왕의 발 아래 누워 잠을 청했다.

국왕은 뭔가가 간질이는 것 같아 잠에서 깨어났다. 브루스 트라우스 7세가 눈을 떠 보니, 찬란한 몸 색깔로 아침 햇살을 유혹하는 듯한 딱정벌레가 예쁘게 수가 놓인 하얀 침대 시트 위에 놓여 있는 것이 아닌가!

국왕은 딱정벌레를 집어 손바닥 위에 올려놓고 여기저기 꼼꼼히 관찰했다. 그러다가 집게손가락으로 쿡쿡 찔러 보았다.

"온 나라 안에 떠들썩한 그런 요상한 사건들을 만들어 내려

면 어디를 돌려야 하는 거지?"

국왕이 방랑자에게 물었다. 그는 이미 창가에 앉아 새로 시작된 하루의 신선한 공기를 쐬고 있었다.

늙은 방랑자는 웃지 않을 수 없었다.

"소인의 말을 들어 보시옵소서, 전하! 소원 해결사 딱정벌레는 틀고 끄고 하는 기계가 아니옵니다. 눈속임도 있을 수 없사옵니다. 그래서 자신에게 호통치거나, 명령하거나 혹은 위협을 하는 사람들에겐 전혀 도움을 주지 않사옵니다. 그럴 때는 그저 멍청하고 냉정한 딱정벌레에 불과할 뿐이옵니다. 하지만 전하께서 딱정벌레를 손바닥 오목한 부분에 올려놓으시고, 진심에서 우러나오는 따뜻한 입김을 불어넣은 다음, 깊숙이 간직하고 계신 소원을 비시면 그 꿈이 실현될 것이옵니다."

"한번……."

국왕이 반짝반짝 빛나는 눈으로 소리쳤다. 그러고는 침대에서 몸을 일으켜 세우며 말했다.

"해 보겠어! 이 소원 해결사 딱정벌레가 나라 전역에 새끼를 퍼뜨려서 모든 바보 멍청이들을 똑똑한 인간들로 개조해 놓도록 하겠어!"

"전하, 왜 백성들에 대해 말씀하시는 것이옵니까?"

"그럼 대체 누구에 대해서 말해야 한다는 거지?"

키 작은 국왕이 화난 말투로 말했다.

"아직도 지어야 할 학교며 병사(兵舍)며 감옥들이 얼마나 많은데. 이걸 보라, 이 책을 보란 말이다……"

국왕은 침대에서 뛰쳐나와 하늘거리는 가운을 입은 채 총총걸음을 내딛었다. 국왕은 책장 앞에서 발끝으로 서서 커다란 책 한 권을 들더니, 손가락으로 그 표지를 툭툭 쳤다.

"이걸 봐! 이게 뭐냐 하면 법전이라는 거야. 이번에 새로 개정된 거지. 이 속에는 모두 1,123개의 법령, 규정 그리고 방침들이 들어 있어. 이제까지 재임 기간 동안 신하들의 보다 나은 복지를 위해 발포했던 것들을 수록해 놓은 것들이지. 1,123개! 세계 최고 기록이야! 사람들에게 행복을 가져다 주는 그야말로 최고의 의미를 지닌 규정들만 들어 있지. 이 규정들을 제대로만 지켜 주면 돼! 암 그렇고말고."

방랑자는 머리를 축 늘어뜨리고 침대 쪽으로 가더니, 딱정벌레를 주머니 속에 집어넣고 국왕에게 서둘러 인사하며 말했다.

"소인은 슬프고도 안타깝사옵니다. 이젠 가 봐야겠사옵니다. 더 이상 여기 머물 수 없을 것 같사옵니다. 어제 저녁때만 해도 전하의 모습이 너무나 인상적이어서 위대한 군주를 바로 눈앞에서 뵙게 되었구나, 하고 생각했었사옵니다. 하지만 오늘 아침에는 생각이 완전히 달라졌사옵니다. 그야말로 전하라는 분은 도와드릴 필요가 없는, 그저 키 작은 사람에 불과하시군요."

방랑자는 나가기 위해 몸을 돌렸다.

그러자 키 작은 국왕은 재빨리 왕관을 집어 머리에 쓰더니 문 쪽으로 달려갔다. 그러고는 팔을 벌리고 서서 방랑자의 발걸음을 가로막았다.

"여기 그대로 머물러 있으라!"

왕이 소리쳤다.

"이건 명령이다!"

명령이란

스스로가

자유롭지 못한 자만이
내릴 수 있는 것.

소인에겐 명령하실 수 없사옵니다."
늙은 방랑자가 대답했다.
"그래도 난 기필코 명령해야겠는데……."
국왕이 고자세로 나왔다.
"예, 예, 알겠사옵니다."
방랑자가 웃음을 흘렸다. 국왕은 불안해하다가 마침내 팔을 내리며 말했다.
"좋아. 그럼 다른 방법으로 명령하지. 제발…… 여기 있어 줘. 날 혼자 남겨 놓지 마. 제발!"
"그럼, 솔직하게 계속 이야기를 나누시겠사옵니까?"
"물론이지."
브루스트라우스 7세가 한숨을 내쉬며 말했다.
"어쩔 수 없이 우선 그런 것에 익숙해져야겠군. 우리가 어젯밤에 인식했었다는 게 무엇인지 다시 한 번 알려 줘!"
국왕은 시종에게 일러 아침식사를 가져오게 했다. 두 사람은 맛있게 식사했다. 그러고 나서 방랑자는 국왕의 부탁을 들어주었다.

"들어 보시옵소서! 사실을 말씀드리오면 전하께서는 무척 가련하시옵니다. 백성들에 대해서 그토록 아무것도 모르고 계시다니요. 백성들은 정말 놀라운 사람들이랍니다. 진짜로 우둔한 사람들은 극히 일부지요. 다만 전하께서 그네들이 우둔하다고 스스로 말하도록 시켜 놓으셨을 뿐입죠. 그네들은 ㅡ소인이 드리려는 말씀이 무엇인지 아시겠사옵니다만ㅡ 이 세상에서 가장 멍청한 책을 팔에 끼고 다니고 있사옵니다. 그 책 때문에 분별 있고 자발적인 사람들은 모두가 불행하게 되어 버렸지요. 예전에 전하께서는 백성들의 행복을 보장해 주기 위해 나라의 경계를 그었사옵니다. 하지만 그렇게 했다고 그 행복이 주어졌던 게 아니옵니다. 다시 말해서 이 나라에는 정신이며 삶이며 춤이며 꿈이며 기쁨이며 웃음이며 그리움이며, 그리고 온갖 순간들에 따르는 감정이나 느낌이라곤 도통 찾아볼 수가 없사옵니다.

아무리 사방에 외벽을 둘러쳐도
행복을 가두어 놓을 수는 없다네,
언제라도 그 틈새를 뚫고 밀려 나올 것이리니.

행복이란 여기저기로 퍼져 가는 향기와 같은 것이옵니다. 또한 행복이란 즐거움이 있는 곳에 잠시 머물러 있는 것이옵니다. 전하께서는 행복을 전하와 전하의 나라에 영원히 묶어 두려고 하셨사옵니다. 그러다 보니 행복은 슬쩍 도망가 버렸사옵니다. 다시 말해서 행복이라는 놈이 전하의 나라 안에서 벽을 뚫고 다른 곳으로 옮겨 가 버리고 말았사옵니다. 밖에서는 전하의 나라를 가리켜 불행한 나라라고 칭하옵니다. 그래서 저쪽에 사는 사람들은, 1미터 두께의 돌 방벽으로 이 나라와 분리된 것에 대해 매우 기뻐하고 있사옵니다……."

"그게 사실이더냐?"

국왕이 의기소침해져서 물었다.

"그러하옵니다."

늙은 방랑자가 끄떡였다.

"그럼 이제 어떡해야지?"

키 작은 국왕이 물었다.

"시작하시옵소서."

늙은 방랑자가 말했다.

"그냥 시작하시옵소서. 언제든지 시작하실 수 있사옵니다!"

"하지만 어떻게 한다지?"

국왕이 다시 물었다. 그리고 잠시 후 겁먹은 목소리로 덧붙였다.

"완전히 불가능해 보이는 것에 대해 뭔가를 시작한다는 게 어째……."

"뭐가 완전히 불가능해 보인다는 말씀이옵니까?"

늙은 방랑자가 물었다.

"뭐랄까, 내 힘에 부치는……."

국왕이 대답했다.

"그렇다면 전하는 전하의 힘이 어느 정도인지 알고 계시다는 것이옵니까?"

방랑자가 대꾸했다.

"전하, 힘의 한계가 어디까지인지 정확히 알고 계시옵니까? 그 힘이라는 게 아주 요상한 것이옵니다. 사람의 유형에는 두 가지가 있사온데, 하나는 자신들의 내재된 힘을 중시하는 유형이고, 다른 하나는 자신들의 꿈을 중시하는 유형이옵니다. 또한 손을 움직이기도 전에 금방 지쳐 버리는 유형과, 세상을 움직여 가는 유형이 있사옵죠.

자신의 힘을 중시하는 자,
아무런 힘이 없다네.
무릇 힘이란
자신의 꿈을 중시하는 자에게
찾아드는 법이라네.

"그럼 딱정벌레는 어째서 훌륭하다는 말이더냐?"

키 작은 국왕이 물었다. 그러자 늙은 방랑자가 대답했다.

"진정한 변화란 누가 행운을 가져다 준다고 해서 시작되는 것이 아니라 전하 자신과 함께 시작되며, 아울러 전하 마음속 깊이 들어 있는 소원들을 발견하는 데서 시작되는 것이옵니다. 그러한 점에서 전하께 삼가 아뢰옵니다. 딱정벌레에게 빌 소원은 그리 크지 않아도 괜찮사옵니다. 그저 전하의 마음속 비어 있는 곳을 채워 주는 것이면 되옵니다. 그러니 그 소원을 이루기 위해선, 전하 자신을 때리기도 하고 업신여기기도 하며, 심지어 다른 사람들 앞에서 웃음거리가 될 만반의 준비를 하셔야 할 것이옵니다. 설령 최악의 결과가 나타나더라도 말이지요.

모든 사람이 다 이 같은 방법으로 소원을 빌지는 않사옵니다. 대개 사람들은 어린 시절에 그러한 소원의 씨앗을 싹 틔우지요. 그들은 늘 소원을 꿈꾸며 소원과 더불어 지내옵니다. 하지만 이 소원이라는 나무를 기름진 땅에 옮겨 심어야 한다는 걸 깜박하옵죠. 어쩌다 햇빛이 잘 드는 훌륭한 땅에 심기도 하지만, 이땐 또 매일 물 주는 걸 그만 잊어버리게 되옵죠. 그렇게 되면 소원이라는 나무는 성장이 멈추게 되어 더 이상 자라지 못하게 되며, 심지어는 죽어 버리기까지 하옵니다. 그래도 이러한 소원을 지닌다는 건 그 사람이 위대하다는 증거이옵니다.

이제 소인이 삼가 전하께 다음과 같은 사실, 즉 위대한 소원을 지닌 위대한 사람들이 어느 날 죽으면서 자신들이 지니고 있는 위대한 소원을 그 누구에게도 알리지 않고 무덤까지 가지고 간다는 사실을 아뢴다면, 소원 해결사 딱정벌레가 어째서 훌륭한지를 전하께서도 아시게 될 것이옵니다. 딱정벌레는 바로 전하의 마음속 깊숙이 자리잡고 있는 갈등을 극복하는 데 도움을 드릴 것이옵니다.

그대 마음속 무덤보다 더 깊은 무덤은 없고,
소원의 해안에서 현실의 해안까지

그대가 지금 머물고 있는

그 다리보다

더 훌륭한 다리는 없다네.

"잘 알아들었네."

국왕이 말했다.

"정말이시옵니까?"

늙은 방랑자가 못 믿겠다는 눈빛으로 말했다.

"자, 그렇다면 백성들 앞으로 나서시옵소서!"

"어떻게, 그러니까 내가 이 성을 떠나야 한다는 말이더냐?"

"물론이옵죠! 그냥 백성들 사이에 섞이시옵소서. 물론 혼자만 가셔야 하옵니다. 병사들도 물리치시고, 걸치고 계시는 흰 담비 모피도 벗으시고, 왕관도 내려놓으시고 말이옵니다. 그저 사람들 사이에 자연스럽게 머무르시옵소서!"

그러자 국왕은 망연자실한 채 방랑자를 바라보았다.

"전하께서는 지금 이 순간 국왕이시옵니까 아니면 그렇지 않사옵니까?"

방랑자가 물었다. 국왕은 빨갛게 상기된 얼굴로 약간 말을 더듬으며 말했다.

"알았어. 알았다구."

마침내 국왕은 흥분해서 소리 질렀다.

"이거야 원, 자네가 내놓은 제안이라는 게 정말이지 미친 짓 같단 말이야!"

"어째서 말씀이옵니까?"

"난……."

국왕이 갑자기 포효하듯 소리쳤다.

"난—백성들이 무섭단—말이야."

"무슨 까닭이시옵니까?"

"날 잘 봐! 내가 사람들 앞에 나서면 아이들이 내게 손가락질하면서 '난쟁이 왕이잖아!' 라고 소리칠 거야. 사내들은 손으로 입을 가리고 낄낄거리며 소곤거리겠지. '와, 정말 키가 치즈 석 장 크기밖에 안 되잖아!' 그리고 여편네들은 조롱 섞인 시선으로 나를 바라보다가 촉새 같은 주둥이로 내 굽은 등에 대해 서로들 귓속말을 해 대겠지.

그러다가 결국에는 모인 사람들 모두 자신들 앞에 서 있는 국왕의 모습을 보고 배를 부여잡고 깔깔깔 웃어 댈 거야. 킥킥거리며 웅성거리다가 신음소리까지 내면서 마침내는 소리를 질러 댈 거라고. 웃음보가 터진 듯 큰소리로 웃어 대겠지. 온

광장이 떠나갈 정도로 말이야. 그리고 국왕인 내가 발가벗은 상태로 거기에 서게 돼. 그러면 그들에게 웃음거리가 된 그 국왕은 더 이상 국왕이라고 할 수 없는 거지."

"염려 마시옵소서. 첫째, 그 누구도 전하를 알아보지 못하옵니다. 둘째,

사람들로 하여금 비웃지 못하게 하는
국왕은
폭군이옵니다.

웃음 때문에 자신의 위엄을 빼앗긴 사람은 결코 아무도 없었사옵니다. 자신에 대해 아무것도 창피한 게 없고 숨길 게 없다면, 발가벗고 서 있는 게 얼마나 아름다운 것인지 전하께서는 아시옵니까?"

"그야 매우 아름답겠지."

국왕이 이에 동의했다. 그러고는 이마에 솟은 식은땀을 닦으며 말했다.

"하지만 그러기 위해선 대단한 용기가 필요하잖아."

"그렇지만 전하의 손바닥 안에 소원 해결사 딱정벌레가 들

어 있다는 건 아무도 눈치 채지 못할 것이옵니다."

늙은 방랑자가 국왕을 안심시켰다.

양치기 소녀

　　여름의 나라 하늘 위에는 구름이 조용히 흘러가고 있었다. 한편, 양치기 소녀는 외로이 작은 봉우리 위에 서 있었다. 그곳은 길들여진 짐승들을 한눈에 관리하는 데 적합했으며, 먼 곳을 바라보거나 꿈을 꾸기에도 안성맞춤이었다. 양치기 소녀는 막대기를 쥔 손을 활짝 폈다. 그때 딱정벌레 한 마리가 손바닥 위에 내려앉았다.
　　"아니!"
　　양치기 소녀가 소리쳤다.

"누가 나를 부르는 거지?"

"저예요. 소원 해결사 딱정벌레랍니다!"

소녀의 얼굴에 평온한 웃음이 환하게 피어났다.

양치기 소녀는 막대기를 옆에다 놓고 손바닥을 조심스럽게 오므렸다. 그러자 딱정벌레가 손바닥의 오목한 부분으로 기어갔다.

"너는 말도 할 수 있지, 꼬마 친구!"

"예. 하지만 전 제 말을 알아들을 수 있는 사람들하고만 얘기할 수 있어요. 하지만 다른 사람들은 제 말을 전혀 알아듣지 못해요."

"오, 난 네 말을 알아들을 수 있어. 세상에 이런 일이!…… 그런데 너의 주인님은 어떻게 지내고 계시니?"

"당신의 진심은 뭐죠?"

"내 진심을 말한다면, 그분이 살아 있고 행복하셨으면 좋겠다는 거야."

"네, 주인님은 지금 그래요. 하얀 깔개를 가지고 오세요. 시간이 별로 없어요. 주인님은 여기서 그리 멀지 않은 곳에, 어쩌면 두 고개나 세 고개 너머쯤에서 오시고 계실 거예요. 당신을 다시 볼 수 있다는 기쁨에 발걸음을 무척 빨리하고 계실 거예요."

그러자 양치기 소녀는 딱정벌레를 민들레 꽃잎 위에 조심스럽게 내려놓고 나지막하게 환성을 질렀다. 그러고는 자신들의 축제를 미리 나타낼 하얀 깔개를 최대한 빨리 가져오기 위해 종종걸음으로 오두막 안으로 들어갔다.

늙은 방랑자가 언덕 꼭대기에 올라오자, 저 멀리 파란 초원 위에 하얀 깔개가 빛나고 있었다. 깔개 위에는 알맞게 구워진 황금색 빵이며, 야채 죽, 신선한 우유가 든 항아리, 그리고 작은 책과 꽃병이 놓여 있었다.

양치기 소녀는 빨간색 치마를 넓게 펼치고 앉아 있었다. 그녀가 방랑자에게 미소를 보냈다.

"벌써부터 내가 올 줄 알고 있었니?"

방랑자가 깜짝 놀라며 말했다.

"이미 그렇게 되도록 소원했던 건데요 뭘. 그러니 당연히 그 소원이 이루어져야 하는 거잖아요."

양치기 소녀가 대답했다. 그러고는 방랑자에게 자리에 앉으라고 권했다. 방랑자는 그녀 맞은편에 앉더니 그녀가 정성스레 구워 온 빵과 야채 죽과 우유를 먹고 마셨다. 순간 그들에게 기쁨이 조용히 번져 나갔다.

"불행한 나라에서는 위험하셨나요?"

이윽고 양치기 소녀가 물었다.

"언제나 그런 건 아니었어. 원래 걱정하고 있을 때만 위험한 거잖아."

"걱정을 하셨나요?"

"그럼, 자주 했지."

"그렇다면 그때는 물론 위험하셨겠네요?"

그러자 늙은 방랑자가 빙그레 웃으며 말했다.

"너라면 위험한 상황에 직면할 일이 없었을 거야. 하지만 너와 반대로 종종 믿음을 잃어버리고 소원들을 누설해 버릴지 모를 늙은이에겐 상황이 아주 나쁘게 진행될 수도 있었을 거야."

방랑자는 불행한 나라를 여행하면서 경험한 일들, 즉 피곤함에 지쳐 의지를 상실해 버린 병사들, 노동의 도시에서 일어난 꽃들의 반란, 뚱뚱한 식당 여주인의 신비한 요리 솜씨, 금지된 3/4 박자의 곡을 연주했던 쇠의 도시 오르간 연주자의 용기, 그리고 키는 작지만 위대한 구중궁궐 궁전의 국왕 등에 대해 빼놓지 않고 다 얘기해 주었다.

"그분은……."

방랑자는 말을 이었다.

"세상에서 가장 훌륭한 국왕이셔."

"엄청나게 많은 적들을 물리치셨나요?"

이야기를 듣고 있던 양치기 소녀가 물었다.

"보다 더하지. 그분께서는 자기 자신을 이겨 내셨지."

늙은 방랑자가 대답했다.

그리고 계속해서 방랑자는 국왕이 자기 스스로와 벌인 고독한 싸움―얼마나 그가 노력했는지, 갈등이 점점 더 커지면서 얼마나 좌절하려 했는지, 그럼에도 불구하고 어떻게든 포기하지 않고 다시 일어나 힘이 쇠잔해지기 바로 직전에 마침내 자신을 극복할 수 있었는지―에 대한 얘기를 들려주었다.

"난 정말이지……."

방랑자가 말을 이었다.

"내 생애 처음으로 영웅을 만난 거였어. 그리고 그 사람이

나를 자신의 친구로 대해 주었다는 게 아주 자랑스러워."

"그 국왕은 자신을 이겨 내기 위해 어떤 행동을 하셨는데요?"

양치기 소녀가 궁금해서 물었다.

"그러니까 그분께서는 자신을 웃음거리로 만드셨어. 맨 처음에는 아이들한테, 그리고 다음에는 백성들 전체한테."

"웃는 사람들을 웃지 못하게 윽박지를 수도 있으셨을 텐데 말이에요?"

"물론이지. 그분 역시 모든 나라의 국왕들이 자신들을 두려워하지 않는 백성들에게 행동했던 것처럼, 그들을 죽여 버릴 수도 있으셨을 거야."

"그런데 그 국왕은 어떻게 하셨어요?"

"그분께선 함께 웃으셨지."

"그 다음에 어떤 일이 벌어졌나요?"

"사람들은 서로의 얼굴을 쳐다보더니, 별안간 국왕에 대한 두려움이 경외심으로 바뀌게 되었어. 그러면서 그분을 사랑하게 되었지. 어쩌면 그 순간부터 사람들은 국왕을 위해 물불을 가리지 않겠다는 마음을 먹게 되었을 거야."

"그리고 그 다음에는 어떤 일이 벌어졌나요?"

양치기 소녀는 점점 궁금해졌다.

"일이 벌어졌던 게 아니라 지금도 벌어지고 있어. 그들은 꽃을 심고, 노래 가사를 생각해 내고 있어. 자기네 집들을 페인트칠하고 시도 쓰고 있지. 또한 법률을 폐지하고, 경계 벽을 허물고 있어. 마지막으로 불행한 나라와 행복한 나라를 갈라놓은 차단목이 뽑히게 될 때까지 한동안 경계 벽을 허무는 일이 계속될 거야. 하지만 난 이쪽과 저쪽 중 어느 곳에 더 행복한 사람들이 살고 있는지 장담할 수 없어.

결코 불행해 본 적이 없는
사람들은
행복하지 않다네.
자신들의 불행을 받아들이고
그 불행을 통해 성숙된
불행한 사람들이 오히려 행복하다네.

"그 말을 제 책에 기록해도 될까요?"
양치기 소녀가 물었다.
"그럼 물론이지."

방랑자가 웃으며 말했다.

"그렇지만 내가 들려준 모든 이야기들을 너의 마음속에 잘 간직해 두었다가, 나중에 네 자식들에게 말해 주는 게 더 좋은 방법일 거야. 그리고 그 애들이 다시 자기 자식들에게 들려주고 말이야. 뭔가를 얻기 위해 똑같은 이야기들을 계속해서 들어야 한다는 게 별로 마음에 들지 않아. 시기 적절하게 이야기를 들려주는 사람들이 있다면 그야말로 제일 좋을 텐데."

그리고 나서 방랑자와 양치기 소녀 두 사람 사이에는 오랫동안 침묵이 흘렀다. 서로가 마음으로는 말하고 있었지만 입은 그저 다물고 있었던 까닭이었다.

이제 또다시 두 사람이 작별을 하고, 다른 골짜기를 지나 걸어가게 되었을 때야 비로소 방랑자가 입을 열었다.

"그런데 소녀의 이름이 어떻게 되지?"

그가 딱정벌레에게 물었다.

"에스페란짜예요."

소원 해결사 딱정벌레가 말했다.

"주인님께 제가 말씀드리지 않았나요?"

"그럼. 나한테 말해 주지 않았고말고, 이 꼬마 친구야!"

그러면서 늙은 방랑자가 빙그레 웃었다.

"…… 진작 그 이름을 알았으면 좋았을걸."

역자 후기

마음속 깊이 묻어 둔 소원들

　소유하고 있던 모든 것들을 잃어버리고, 이제 방랑자에게 남은 거라곤 호주머니 속에 늘 품고 다니는 조그맣고 보잘것없는 '딱정벌레' 한 마리뿐이다. 이 딱정벌레는 방랑자가 외롭거나 힘들 때면 말벗이 되어 주거나 조언과 충고를 아끼지 않으며, 위급한 상황이 닥치면 그에게 도움을 주는, 그야말로 방랑자의 분신이자 조력자 노릇을 한다.
　저자는 행복한 나라와 불행한 나라 중 불행한 나라를 선택해서 여행하는 방랑자의 힘들고 기나긴 여정을 때론 유쾌하게, 때론 재치 있게, 때론 따뜻하게 그리고 또 때론 용감하게 연출함에 있어서, 한낱 미물에 불과한 딱정벌레를 등장시킨다.
　상식적인 사고 방식으로는 이해가 되지 않겠지만, 어린아이와 같은 순진함을 지니고 이 책을 읽게 되면 당신도 틀림없이 신비한 마법에 걸리게 될 것이다.
　아무리 악한 세상이라도 소원을 버리지 않는다면 그 어떤 해도 입지 않고 결국엔 행복하게 될 것이라는 메시지를 전하는 이 책은, 찌들고 힘든 현대 사회를 살아가는 당신을 천진난만한 동심의 세계로 안내할, 실로 따뜻하고도 감명 깊은 이정표가 되리라 믿는다.

2002년 12월 송재홍